途上の旅

若菜晃子

アノニマ・スタジオ

はじめに

旅に出かけるときは、自然のなかで過ごす時間が圧倒的に多い。ひとくちに自然とはいっても、極地をめざして自らの限界に挑戦するわけではないし、名だたる世界中の大自然を訪ねて歩くわけでもない。けれども大いなる自然は地上のあらゆるところに静かに横たわっている。

その初めて見る地上の片隅に身を置いて、黙って目の前の自然と相対しているときが、私にとっていちばん幸福なときに感じる。そこには、そこに行くことでしか見られない風景があり、触れられないものがあり、感じられない空気があり、知ることのできないことがある。そこに行かなければ絶対に得られないなにかがある。

もちろんそれらを体験したからといって、そのこと自体は自分にとっての小さな体験でしかない。しかし自分の人生は自分自身のものなのだから、自分が体験し、実感することがいちばん重要なのだ。

ひとりの人間が見られるもの、行ける場所は地上のごくわずかな一部しかない。だからこそ私はその地に自分の足で立ち、見て聞いて感じて考えて生きていたい。そうやって私は自分の一生を過ごしたい。

旅の第二集では、私が海外の自然を旅したときのことを中心に集めた。今もそこでは暗い海面に冷たい雨が降り、あるいは草ぐさに明るい陽光が注ぎ、さわやかな風が大気中を吹き渡り、石は乾いた地面に転がっているだろう。

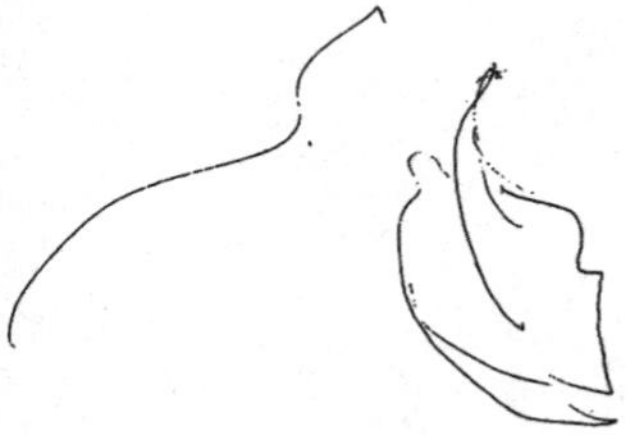

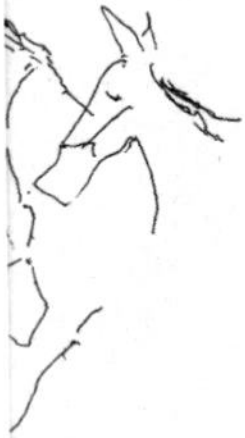

ニューカレドニアの光

デザイン　櫻井久（櫻井事務所）
絵　若菜晃子
編集　村上妃佐子（アノニマ・スタジオ）

途上の旅

機上より

今日もまた、いつものように千葉沖から
海上の船の白い軌跡を見下ろしながら飛ぶ。
この時間と空間が止まったような景色は、
飛行機ならではのものだと思う。
海外へ行くときは、なにかエアポケットのようなものに入り込んで、
あるいは白いキント雲のようなものに包まれて移動して、
別の地上に到達する感覚がある。
その現実離れした時間と空間の止まった感覚は、

なにか宇宙的なもの、はかりしれないものを感じさせる。
けれどもそれは決してこわいという感覚ではない。
機上からの景色も美しいなあと思って見入っている。
そこには人間がつくり得ない深遠な空間があって、
それをいきなり大きく目の前に見せてくれる。
しかしこのことは、飛行機に乗って上空から見なくても、
ふだんの生活を取り巻いているものであって、
それに気づいていないだけのことなのだ。
否、気づかないようにしているともいえる。
それは有り体にいえば自然そのものであって、
人間は常に自然のただなかにいる。
そしてそのことをいつも忘れてしまう。
私はそれを全身で感じるために、旅に出ているのかもしれない。

旅の朝

素焼きのカップ

インドの夜行列車に乗ると、チャイ売りがやってくる。一杯三ルピーか、高くても十ルピーくらいで、お金を払うと、腕に下げた籠からカップを取り出し、手に持ったやかんからチャイを注いで渡してくれる。そのカップが、赤茶けた煉瓦色をした素焼きのカップである。手作りゆえにどれも微妙に形が違っているが、掌にすっぽり収まるほどの大きさで、口をつけると素焼きの土の味がする。

置くこともできるように、底が少し平らに削ってあるが、列車の揺れで不安定でもあるし、ひとくちで飲み切れる量なので、そのまま飲み終わるまで手に持っている。ちょうど夕日の頃に停車した駅で、乗り込んできたチャイ売りからチャイを買って飲み、飲み終わって列車がごとんと動き出したときには、すでに日は沈んでいた。

夜明け前にもチャイ売りはやってくる。まだ眠っている人を気遣ってか、控えめな、チャーイ、……チャーイ、という声とともに。

そして朝早くに到着した駅の雑踏にもチャイ売りはいて、これから仕事に向かうのであろう人々が、一杯のチャイを求めてその場で飲み、飲み終わったカップをホームに置かれた籠に、カシャンと投げ入れて去っていく。

籠にはそうして投げ入れられたカップの赤茶色の破片が無数に重なり合い、一度使われただけで割られてしまうカップが惜しくもあるが、これがインドなのだと思ってそれを眺める。

昨夜のトランペット

朝の六時頃か、それ以前に鳥が鳴き始める。チヨチヨビー、チヨチヨビー。しかし秋のチリの朝は七時になってもまだ暗い。

起き上がってホテルの二階の窓越しに外を見ると、薄暗いなかにさらにうっすらと霧がかかっている。見下ろすと、向かいの家の長い塀沿いの歩道を、制服を着た高校生くらいの女の子が足早に歩いていく。自分もあのくらいの年の頃に、朝早く薄暗いうちに家を出て学校に行くことがあったと思う。

彼女が歩いてきた道は高台に向かってつづら折の石畳の坂道になっていて、昨日の晩はその一角の踊り場から、数人で奏でるトランペットの音が聞こえてきていた。

それはよく響く音ではあったけれども騒音ということはなく、むしろ一日を終えてこれから眠りにつこうとする街の人々に何曲か、心安まる音楽を届けたいという気持ちが感じられる、やわらかな音色であった。

そんなことは夢のなかの出来事だったかのように、今はなにもかもが白いもやの静けさに沈んでいる。

オマロスのはちみつ

朝起きて階段を下りて階下の食堂に朝食をとりにいく。

地中海に浮かぶクレタ島の小さな町のホテルの朝食は、どこもパンとはちみつとコーヒーだけで、あったとしてもプラムやフィグなどの自家製ジャムが数種である。おそらく島内の家庭の食卓と同じであろう、そのごく質素な朝食に深い充足感がある。

はちみつは自家製か近隣の農家で採られたもので、少しずつ味わいが違うが、どのはちみつも華やかな花の香りがする。それは昨日、草原に寝転んでかいでいた花の香りと同じで、あそこで咲いていた花々から、耳もとでぶんぶん羽音をさせていたハチたちが丹念に集めたみつなのだなと思う。

山あいの町オマロスのホテルでも、他に誰もいない食堂で窓に近いテーブルにつくと、パンとはちみつとポットに入ったコーヒーが運ばれてきた。

左手の窓からは明るい朝の陽光が入り込み、テーブルの上に置かれた、小さなガラスのうつわに入ったはちみつをきらきらと光らせ、白いテーブルクロスに黄金色の影を映している。

光るはちみつをパンにつけて食べる。

さわやかな朝風が部屋じゅうを吹き渡り、窓の外には木々の新緑がちらちらと輝いて見えていた。

霧雨の朝

目が覚めると、夜は明けていたが窓の外は暗く曇って雨が降っていた。天井からぶら下がったアールデコ調の小さなシャンデリアをぼんやりと眺める。昨日の晩は、宿を探していることを知った向かいのバーのおばさんが、親切にも連れてきてくれたアパートメントに泊まったのだった。

アパートメントといってもそれは自宅の一室を改装した間貸しの宿で、歳をとったおばあさんが生計の足しに営んでいるような民宿だが、部屋はきれいに整えてあり、昔は自分たちが使っていたのであろう古びた家具が置いてある。前庭にはテーブルと椅子があって、朝ごはんはここでと思っていたが、この雨では使えそうもなかった。

宿を出て、音もなく降る冷たい雨のなかを通りまで行くと、バス停に数人のひとが立っていた。厚手のセーターを着た年輩者や、ポケットに手を突っ込んだ痩せた男性がむっつりと押し黙ったまま、思い思いの方向を向いてじっとたたずんでいる。コートの衿を立てた人が足早に通りを横切っていく。ポルトガル南端の海辺の町では、このくらいの雨は雨のうちに入らないのだろう、誰ひとりとして傘などさしていない。もっとも傘などさしても霧のような雨はすぐに全身にまとわりついて、濡れそぼってしまう。

私も傘をささずにヤッケのフードだけかぶって通りを行き、昨晩のバーに入った。バーは朝にはカフェになる。朝食になにか食べるものを買いに出たのだ。

カフェは暖かく、カウンターの上のドーム型のケースに入ったボーロやトルテのこんがりとした焼き色がまばゆく、ひどくおいしそうにみえた。

私はいくつかのお菓子を袋に入れてもらって外へ出て、バス停の横を通り、彼らが新聞を買ったり雑誌をめくったりしているスタンドで、読めもしないペラペラの冊子を買い、ヤッケの下に入れて宿に戻った。

オアオの声

川の方から鳥の声がする。オアオ、オアオと聞こえる。なんという鳥だろうと思いながらオアオの声を聞く。朝いちばんに鳥の声が聞こえるのは幸せだ。日本の我が家ではチュンチュンと数羽のスズメの声が聞こえる。デーデポッポポーと電線に止まるキジバトの声が聞こえる日もある。春先はツバキの蜜を吸いに来たメジロのチュイーチュイーである。ここネパールではオアオ、オアオだ。少しくぐもったオアオの声は灰色の曇り空の湿った空気のなかでひっそりと聞こえている。

ホテルの前を流れる川をひどく頼りない丸木舟で渡り、ジャングルサファリで乗るジープまで歩く間に、ガイドの青年アリに、オアオ、オアオと今朝の鳥の真似をして聞かせると、アリは間髪入れずに「クックウ」と答えた。クックウはカッコウの仲間の総称である。どおりで私の耳によく聞こえてきたはずだ。日本で私が好きなツツドリもカッコウの仲間で、こちらは山の奥でボボ、ボボ、ボボ、と木のうろに向かって鳴いているような、地味でさびしい声の持ち主なのである。

そうしてジャングルを車で走っているときにも、オアオの声が聞こえてきた。アリは私が尋ねる前に「ピーコック」と言う。あれ、さっきオアオはクックウと言ったじゃない。おかしいなあ。私の鳴き真似が下手なのかもしれないけど。私のオアオはいったい誰なのだろう。オアオ、オアオと声を出さずに真似してみる。悲しいことでもあったような、はかなげな声の主であった。

花屋のあかり

夜行列車は早朝にタイ北部のウドーンターニーに着いた。

駅からすぐのホテルだというので、ロータリーを抜けて街路樹の下の歩道を歩き出すが、まだまっ暗なので緊張する。しかし通り沿いにはもう開き始めている店がある。なかに煌々と夜店のようなあかりをつけている店が遠くから見えていて、近づくと花屋だった。朝早くにお寺へお参りに行く人が買いに来るのだろう。ざばーっとバケツに水を汲む音がする。店の前の道路をざっざっと箒で掃いている人もいる。色とりどりの花の頭が、無造作に歩道にはみ出してきていて、いきいきとしたその花々の明るさに救われる。

どれか一本欲しいような気もするが、旅先ではどうにもならない。立ち止まった私に気づいて、裸電球の下で働いていた人が振り向くが、一瞥してまた仕事を続ける。花屋の先を少し行くとホテルだった。

スイレンのあした

早朝五時三十分、スイレンの開花を川へ見に行く。ホテルを出るときはまだまっ暗だった。タクシーの窓から見る、対向車線の車のヘッドライト、セブン・イレブンの看板、昨日夜行でこの街に着いたときも開いていた花屋のあかり。虫のすだく音。

空が白んでくる。白んでくるというのはいい言葉だ。とても言い得ている言葉だ。しかし白んだ後も空は青暗い。そこに浮かぶ雲の輪郭、木のシルエット、徐々にわかる人家の壁の白さ。家の中では白っぽい蛍光灯がついている。もう起きている人がいるのか。六時十分、空に浮かぶ雲の形がはっきりとわかる。あたりはまだ薄暗いが、少し目を離すと朝焼けが始まって、急に赤くなったりするから油断ならない。

こうして夜が明けていくのをじっと見ているのも、旅に出なければできないことだ。旅に出てなにがしたいかをこれまではっきり考えていなかったし、言葉にしていなかったけれども、先日知人にもらった本を読んで、「生きる」をしたいのだなと改めて思った。そういう時間の流れを感じていたいのだ。そういう時間の流れを感じていることが、私にとっては「生きる」ことなのだ。ああもうだいぶ白いぞ。コケコッコーとニワトリの声。昨日は六時半近くにホテルから外を見たら白く明けていたが、今日は少し遅く感じる。木の間に見える家々の白い光。鳥の声も増えた。バイクのライト。道路に寝そべっている犬を避けて、車がスピードをゆるめる。リリリ……という虫の音。

川に着いてボートで漕ぎ出し、スイレンの群生地に出る。光線が暖かくなって、赤々としてきて、花がだんだん開いてきて、広々とした水面が明るく赤く染まってきた。それまでは静かな夜明けの風情だったけれども、また表情が変わってくる。

ぽかぽかした暖かさのなか、スイレンの群生にボートを漕ぎ入れて停め、水中からすらりと伸ばした茎の先に大きく開いたスイレンの花を描く。この花はいつまで咲いているのか聞くと、昼まで開いてまた閉じるという。

ふと、この花は今日私たちが帰った後も咲いていて、夕方になると閉じて、また明日朝になると、ここで光を浴びて咲いているんだなと思う。世界とはそういうものなのだ。その繰り返しなのだ。変わっていくのは自分だけで、花も水も木も鳥も、個々の生命は入れ替わったとしても、自然はいつも永遠である。

ボートを降りて再び車で街へと戻る。高々と上がった太陽の下で見る沿道の村々のようすはすっかり変わっていて、夜明け前に点々とあかりがついていた、あのなんともいえない寂々たる風景とはまったく違ってみえる。なんだろうか、あの明け方の、深い静けさにひそむ、やるせない感じ。日常にあっても、まだ暗い冬の早朝に出かけていく家族の背中を見送っているときのような、ひどく心もとない気持ちを引き起こす、あの夜明け前のひととき。

以前読んだ本にあった、「夜は夜明け前にいちばん深くなる」という言葉が忘れられない。これは比喩として用いられているけれども、実際の夜においても、夜は夜明け前にいちばん深くなる。もうこれから明るくなるのだから安心なはずなのに、まだ夜ふけの気配が色濃く残っているのだ。未知の不確定要素がまだそこに漂っていて不安なのだ。あの心中深くから湧き起こる感情も、やはり人間が生まれもっている、原始的なおそれの感覚ではないだろうか。

だからこそ夜明け前の数分、数十分は、一日のうちでいちばん神聖な時間に感じる。あのよりどころのない、しかしどこか涼やかな、なにかを超越した感覚。

日が出て明るくなると、そんなこと、すぐ忘れてしまう。しかしあの夜明け前のひとときの体験は、いつの世も人間に必要なものに思われる。

柳絮の別れ

ロシアのカムチャツカからの帰国便は朝の十時四十分発なので、八時にホテルを出ることにしてタクシーを頼んでおいたが、なかなか来ない。外へ出て待っていようと玄関を出ていくと、ここ数日の悪天は昨夜のうちにぬぐいとったかのようにきれいに消え去り、あたりは明るく澄み切った空気に満たされ、そこになにかがきらきらと光りながらふわふわと飛んでいた。柳絮《りゅうじょ》だった。

柳絮とはヤナギ科の樹木がつける実のことで、ふかふかとやわらかな白い綿毛に細かい黒い種子がくるまれている。その綿毛ごと風に乗せて遠くまで飛ばすのだ。あるいはヤナギは川岸に多いので、水の流れに浮かせて運ぶのだろう。どこからやってきたのか、枝先を離れたそれらが少しずつ小さくまとまって、絶え間なくふわーふわーと空中を舞っている。

地面に舞い落ちたものは、わずかな風でコロコロコロ、コロコロコロッと転がる。まとまったり離れたりしながら、道路の隅を転がるようすを見ていたら、映画『となりのトトロ』に出てきたまっくろくろすけを思い出した。あの動きと同じだ。これはまっしろしろすけだなと思う。あっちへ転がりこっちへ転がりしながら、まるで足のある生きもののように（無論生きものだが）予測不能な動きをする。それらが朝の光を浴びて、きらきら光って美しい。すごい、生きているみたいだと思って見ほれる。

柳絮は光が当たらないとその姿はよく見えない。しかも背景が人工的で単調な建造物ばかりだとたちまち姿を消してしまう。こんなに美しいものが空中を舞っていたとしても、都市の生活ではほとんど見えないのだ。カムチャツカは大きな街だが自然に近く、川の流れも林の緑も残っているから、こうして目にすることができるのだろう。

しかもこれも今日晴れたから見られたのだ。ここ数日間ずっと雨に濡れそぼっていた柳絮が、雨が上がって気温も上がって綿毛が乾いて、今朝いっせいに飛んだのだ。

ようやく来たタクシーが猛スピードで走っていく車窓からも、澄明な朝の光のなか、無数の柳絮が街じゅうをきらめきながら舞い飛んでいるのが見える。それはもう幻想的としかいいようのない光景で、別れの日の朝に、さよならさよなら、またねまたねまた来てねと、こちらの気持ちをまるで察しているかのように柳絮が名残を惜しみ、見送ってくれているようでもあった。

柳絮の別れ

邂逅のクレタ島

クレタ島のハト

地中海に浮かぶクレタ島は、ちょうど兵庫県ほどの大きさで、レンタカーで回るには一週間ではとても足りない大きな島だった。

たとえば兵庫県に換算して考えてみても、瀬戸内海側から日本海側までは車で走るだけでも半日かかってしまう。住んでいた人間の感覚から考えると、瀬戸内側の神戸から日本海側の出石へ行くのは、大げさにいえば名古屋や東京へ行くのと変わりない距離感だった。クレタに住まう人たちも、西に住んでいる人が東に、東の人が西へ行くことはめったにないだろう。一生行ったことのない人もおそらくいるだろう。そう考えると、一週間でクレタ島を見て回ろうというのは、旅人の傍若無人そのものでしかない。クレタの印象も散漫になってしまうかもしれない。それでも私たちは欲を張って目的地をいくつか決めた。せっかく島に来ているのに海を見ない法はない。それに貝が拾いたいと私がしきりと海辺に行きたがるので、夫は山あいの町の他に、西と東の港町に数日ずつ滞在することに決めた。そして町と町の間は、車で一気に走って移動するのである。

私たちはアテネから夜間航行の船に乗って、早朝クレタに上陸し、まず山あいの町に入った。ひとところに落ち着くと、移動するのは億劫になるものである。思っていたよりも自然と人々が心地よくとけあったその町に私はすっかり安息し、最終日はこの町に戻りたいとまでいって、ようやくその町を離れた。次の目的地は西海岸の港町である。

どこまでも続くオリーブ畑の丘を越え、コルクの森を抜けて、数時間かけてたどり着いた西端の港町で、私たちは車を降りた。この町は島の先端にあってエーゲ海と地中海の両方にタッチできるというので選んだのである。

しかしその海辺の町には朝から走ってきた内陸部の光の輝きはもはやなく、夕刻の空はどんよりと曇り、エーゲ海に面した白い浜辺はまるで伊豆かどこかの季節はずれのさびれた海水浴場のような体で、さざなみをお義理のように小さく寄せているだけだった。

貝など、どこにも見あたらなかった。私はすっかり失望し、これならあの光と緑溢れる山あいの町にいればよかったとひそかに後悔した。

海岸沿いに車を停め、その日の宿を探しに行く。どことなく湿った空気の路地の両側には庭つきの家が並んでいる。それらのなかに民宿を兼ねていることを示す小さな札の下がる家が数軒あるのだ。私たちはぐるぐると一帯を回り、そのうちどれでもよくなり、目星をつけた家の呼び鈴を鳴らしたが、玄関には誰も出てこなかった。呼び鈴が聞こえなかったのだろうか、それとも留守なのだろうか。通りがかったおばさんに教えられて、脇にあった木戸を開けて木立の茂る庭へ回ると、ちょうど庭へ出てきたおばあさんと鉢合わせした。どうやら民宿の玄関はこの庭らしい。おばあさんはさいはての港町ではついぞ見かけたことのない東洋人に面食らったようだったが、すぐに部屋へ案内してくれた。といっても、おばあさんの出てきた隣の部屋の扉を開けるだけだったが。

その部屋はふたつベッドがあって、箪笥と書き物机と鏡があって、洗面所とシャワーがついている、ごくふつうの部屋だった。

ただふつうと違っていたのは、鏡の上に古代ギリシャ彫刻の写真が飾ってあったことだった。色褪せ青みがかったギリシャ彫刻の目が、私を見下ろしていた。その目は私に、幼い頃の家でピアノの上に飾られていた外国のお人形たちの目を思い起こさせた。昼間に見ると、彼らは私などに興味のない目をして遠くを見つめているのだが、夜になると私をじっと見下ろしているような気がして、小さい私は気が気でなかった。そのため暗くなってからは、なるべくピアノの前を通らないようにしていた。しかし私はもう大人なのだし、たかが写真をこわいなどといっていてはいけない。私たちはその部屋に泊まることにした。

宿が決まったことに安堵して、私たちは庭へ出て、置いてあったテーブルに座った。潮の匂いを含んだ海風が木々の向こうから吹いてくる。するとおばあさんが隣の扉から出てきて、小皿にのせた素朴な手作りクッキーとコーヒーを、大きな花柄のテーブルクロスのかかったテーブルに置いてくれた。ビニール製のクロスの柄もまた子どもの頃に見たような、懐かしい柄だった。おばあさんは困ったように微笑みながら、身振りと片言の英語で、これは記念のクッキーですというようなことを伝えて、すぐに扉の向こうに引っ込んでしまった。私たちは後ろ姿にお礼を言い、クッキーを食べ、コーヒーを飲んだ。こんもりと茂った木々の奥から、ポポーポ、ポポーポとハトの鳴く声が聞こえる。山鳩に似た、さびしげな声だった。

私たちは町へ行って夕食をとることにした。十分も歩けば終わってしまう町のメインストリートは工事中で、埃っぽく雑然としていたが、道沿いには感じのいい小さな店がいくつもあって、なかでも手作りの菓子店では、先ほどおばあさんが出してくれたのと同じ形のクッキーが売られていた。店の人に聞くと、このクッキーはイースターに食べるクッキーだという。私は他にもウインドウに並んだお菓子をひとつずつ買って、紙袋に詰めてもらった。どれも小さな一口菓子で、口に入れると甘い味が広がり、そしてすぐに消えてしまう。もうひとつだけと食べているうちに、袋は軽くなり、今度は惜しくなって取っておこうと思うが、明日になるとおいしくなくなってしまうかもしれない。

メインストリートの突き当たりには教会があって、暮れなずむ空に響く鐘の音とともに人々が集まってきていた。腰の曲がった老女たちが黒いスーツに身を包み、ゆっくりと教会の敷居をまたいで入ってゆく。働きざかりの日に焼けた男性も、ポニーテイルの若い女の子もやってくる。ラフな格好の彼らもどこかに一点、たとえそれがパーカーであったとしても、黒い服を身につけて教会へと入ってゆく。誰にでも開かれているはずの教会だから、私たちも入っていって、いちばん後ろの席に静かに座っていてもいいはずだが、信仰心のない旅人がそうすることさえもなにか重大な冒瀆のように思えて、開け放たれた扉の向こうで揺れるろうそくの光を見つめていた。

私たちは通りに戻って、夕食を食べた。漁師町のレストランらしく、小魚のフライやトマトとタコのマリネを、グラスワインと一緒に少しずつ食べた。中央には大きなテーブルがしつらえてあり、これからパーティが始まるようだった。

教会のミサが終わったのか、三々五々人々が集まってくる。四十歳前後の男女が多く、誰かが来るたびに、おおというふうに先に座っていた人々が笑顔で来た人の顔を見る。私たちは隅のテーブルから、きっとこれはこの町の学校の同窓会にちがいないと噂した。あの眼鏡の男性が今日の幹事だ。今入ってきた髭面は絶対船乗りだね。右側のきれいな女の人はクラスのマドンナじゃないかな。テーブルの上にはろうそくの火が灯っている。

食事の最後にボーイがグラッパの杯とお菓子の小皿を持ってきてくれた。それはおばあさんのクッキーではなく、シロップ漬けのねっとりとした一口菓子だったが、お菓子を食べてグラッパをキュッと飲むと、すっかり大人になった気分だった。いつのまにか壁沿いには恰幅のいい、漁師らしき年老いた男たちが、杖を脇に置き、皆こちらを向いて黙りこくって座り込んでいた。大きなテーブルではまだにぎやかに会食が続いている。

外に出ると小雨が降っていた。私たちは濡れながら歩いて宿に帰り、寝支度をした。夫はほどなく軽い寝息を立てて眠ってしまったが、私はひとり、鏡の上のギリシャ彫刻の目が気になって仕方がない。見てはいけないと思い、背を向けて見ないようにする。そうしているうちに疲れもあって、うとうととするが、しばらくするとまた目が覚めてしまう。そしてまんじりともせずに自分の心臓の音を聞いている。これでは子どもの頃と同じではないか。私は起き上がって、暗がりのなかでギリシャ彫刻を凝視した。なにも起こるわけがないではないか。目なんか動くわけがない。私は再び横になり、ようやく眠りに落ちたが、眠っている間じゅう、ギリシャ彫刻の目が私を見ているような気がしていた。あるいはそれは夢だったのかもしれない。

翌朝起きると、白々と湿った空気のなかでハトが鳴いていた。ポポーポ。ポポーポ。あいかわらずものさびしい、くぐもった声だった。

私たちは曇り空のその海辺の町を離れた。町を出る前に、エーゲ海側ではなく、昨日は海が荒れていて行けなかった地中海側の海辺へ下りた。地中海側にも貝はなく、代わりに石を拾った。その浜辺は石浜といっていいほど石だらけで、強い波が来るたびに波打ち際の石がいっせいに波にさらわれて転がり、ザザーッッ、ゴロゴロゴロゴロ……、ザザーッッ、ゴロゴロゴロゴロ……と音を立てるのだった。私は到底選び切れないなかから、白にベージュと紫の色がしみ出た丸い石を拾って、ただなんとなく、ヘラクレスの石と名づけた。

夫は車を運転しながら、あのハトのポポーポがよかったねと言った。私は……、私はなにがよかっただろうか。おばあさんがお菓子をくれたことだろうか、それとも石を拾ったことだろうか。まさかギリシャ彫刻の目ではあるまい。

エーゲ海と地中海に挟まれた島の西端の町は、私たちがクレタ滞在中に訪れた町のなかでいちばん暗く、さびしい町だった。なのにクレタの海辺というと、あの町を思い出すのはなぜだろうか。

クレタ島のヤギ

山あいの町スピリで滞在したのはヘラクレスの宿だった。ヘラクレスとは海辺で拾った石にもつけたが泊まった宿の名称でもあって、宿の主人は背が高く額が広く、石像のごとく何事にも動じない、静かな風貌をしていた。

彼はゆっくりとした口調で宿の使い方について丁寧に説明してくれる。フロント代わりの食堂のカウンターには、摘んできたばかりと思われるみずみずしい野の花がガラスの花瓶いっぱいに生けられ、その回りには大小の石がごろごろと置かれている。風変わりな特徴のある石ばかりで、そのひとつを手にとると、拾った場所と日付が黒のマジックで書かれていた。若い頃はバックパッカーで世界中を旅し、その結果このクレタの田舎町に定住したのだろうか。石をもとに戻すと、彼は君も同志だね、というふうに私を見て軽く頷いた。

食堂の各テーブルにもふんだんに飾られていた花は赤いチューリップやピンクのテガタチドリに似たランで、ヘラクレスが近くの草原で摘んできたのだという。私たちはチューリップの原種といわれるこの花を見に島へやってきたのだ。彼が詳しく教えてくれた場所へ早速見にゆくと、そこは町を見下ろす高台で、広々とした草原になっていた。

銀緑色の葉をもつオリーブや白い花盛りのアーモンドがぽつぽつと、ところによっては垣根になって立つ、緑の草原のそこかしこに赤いチューリップが咲いている。色は朱に近い赤で、園芸種よりも背が低く、全体にほっそりとしており、その細い葉と花びらを太陽に向けて勢いよく広げ、存分に光を受け止めようとする姿に強い野生味がある。花瓶にあったテガタチドリもたくさん咲いている。私の目には手形《テガタ》というより人形《ヒトガタ》に似ていて、奇妙な帽子をかぶったこびとか妖精が、長い一本の茎の先端に集まって四方を向き、腕をひらひらさせて踊っているようにみえる。みんなして楽しそうだ。長い尻尾がついているからやはり妖精だろうか。

明るい草原はゆるやかな起伏をもってどこまでも広がり、ところどころに白い石灰岩の露出した低い丘がある。丘の中腹にぽつぽつと農家が見える。白い石が草の陰からごろりと顔をのぞかせている。よく見える位置には目印になる三本の木が立っていた。

私は草の上に仰向けに寝転がって、さんさんと降りそそぐ太陽の光を顔に浴びた。まだ春先だが、暑いくらいの日ざしである。地面の草がやわらかく背中の下にあって感じよい。放牧されているヤギの首につけられたベルのカラコロカラコロ……という音と、農作業をする人の機械の音が遠くに聞こえている。風も穏やかで光も暖かい。ピーポーピョル、ピーポーピーポーピョル。ツツツツ。いろんな鳥のごきげんなさえずりが聞こえている。あまりにのどかで、時間が時間どおりに流れていて、そこにあるすべてが嘘のように美しい場所だ。

寝転がって顔の横で揺れている草を見ていると、今、私は栄養のある牛乳のようなものを自分のなかに溜めているんだなと思う。体内の電池に充電している感じだ。

私にとって本質的に大事なことは、ここでこうしていると顔の横で草が風に揺れているけれども音がしているのは風であって草ではないとか、今見ているこの風景もいいのだが見ていること自体がいいとか、そういうことなのだなと思う。長く生きていると、これまでただなんとなく繰り返し自分が行なっていたことの物事の意味がわかる瞬間がある。およそ物心がついたときから、なぜ今と同じことを好んでいたのかはわからないけれども、それが結局はその人の個性なのだ。ピーポーピョル。ピーポーピョル。

私は起き上がって、広々とした明るい草原を歩き回り、気ままに座ったり寝転がったりしながら、岩の丘を越えてカラコロと移動していった。

昼下がりにもう一段丘を上がった草原では、丸くきれいに枝を広げた木が一本立っていた。小首をかしげたようにして立っている木の根もとには、自らの枝の広がりの分だけ、草の地面に濃い影ができている。そこにはなにか大事な宝のようなものが埋まっている感じさえした。ピーポーピョル。ピピピ。私は木陰には入らずに少し離れた場所に座って、木を眺めたり、草の間に咲くテガタチドリの愉快な踊り子たちや、アネモネの白い花びらの中心に集まる青紫色のなよやかなおしべや、溶けたバターの色をしたキンポウゲの花冠を描いたりして過ごした。

やがて草原は午後の斜光線に覆われた。夕方の光は地上のどこにおいても美しいが、地中海の島の山あいの草原に射す光も、あらゆるものをまばゆく照らし、金色に輝かせ、天地は深々とした静謐に満ちている。

と、急に雲がかげって光がなくなった。猛烈な勢いで大きな雲のかたまりが動いていく。鳥がいつのまにか鳴かなくなった。代わりに自分の耳鳴りがじいんと聞こえてくる。急にまた雲の陰から光が踊り出てあたり一面を輝かせる。そしてまたすぐに曇って暗い影をつくる。こうして夜が近づいてくるのだろうか。カラコロカラコロ……カラコロカラコロカラコロ……。ヤギの群れがねぐらに帰っていく音が聞こえる。花々も花びらを閉じて首を垂れ、眠る準備を始めている。新たな雲がどこからか湧いてきて、周りの山山を青白く包みながら広がっていく。私も宿に帰る時間なのだ。

スピリ滞在はわずか数日で、私たちはその後も島内を巡っていったが、島を出る前日、再びスピリへと舞い戻った。夕刻町に着いてすぐ、私はあの一本の木の見える草原まで上がり、数日前と同じように草の上に座った。

地面はもうひんやりとしていたが、金色の夕日が一本の木にも花々の草原にも遠くの岩山にも燦然と当たっていた。木は数日前と同じように小首をかしげてそっけなくそこに立って、根もとに埋まっているものを守るように、逆光に光る草の上にまどかな影を落としていた。ここではただ時間が過ぎていっただけで、なにも変わっていなかった。

カラコロカラコロ……カラン、カラン。ヤギたちが歩いていく。

ヘラクレスの宿で変わっていたのも花瓶に生けられた花だけで、質素な朝食の献立も小さな部屋の清潔さも親切な彼の応対も同じだった。

一夜を経て翌朝上がった草原には、再び光がまんべんなく降りそそぎ、木々も草ぐさも開いたばかりの花々も潑剌と輝いて、これから一日が始まる喜びにまるで歌っているかのようだった。チューリップはさらに数を増やし、草原には次々と新しい種類の花々が咲き始めていた。

寝転がっていた私は起き上がって、ヤギの柵を越え、草原につけられた小径を歩いて、目印にしていた三本の木、それはニレのようだったがその横を抜けて、あたりではいちばん大きい岩の丘、通称スピリ穂高をめざした。初めてこの草原に来たときに、あそこに登ってみようかなと思いながら登らずにいたのだ。

丘への取付はトゲのある灌木に煩わされたが、手を使って登る箇所もあり、ちょっとした山登り気分である。ヤギたちはこうした足場の悪い岩場を身軽に跳び越えていくのだ。白い岩肌の隙間をエニシダの黄色い花が埋めている。

最後に尖った岩角をもつスピリ槍を巻いてピークに立った。下から見上げているときは小さな丘にしか見えていなかったが、わずかな登りでも頂からは広く草原が見渡せた。越えてきたヤギ柵も見えた。歩いてきた小径も見えた。花々の群落も見えた。下からは見えていなかった周囲の丘の連なりも見えた。カラコロカラコロ……カラコロカラコロ……ヤギのベルだけは今日も遠く近くに響いている。

ここではなにもかもが明るくそよいでまどろんでいる。昨日と同じ今日が過ぎていく。なにもかもが美しく、ときのまにまにたゆたっている。そのことが全身にしみわたるように快い。私は頂の白い岩の上に座って思った。毎日こうやって暮らせればいいのに。クレタのヤギのように。自分の好きなもの美しいものだけを見て、ゆっくりと何事もなく、穏やかな気持ちで生きていけたら幸せなのではないだろうか。生きるとは本来そういうことではないだろうか。なぜそのように生きていけないのだろうか。

ここでは時間が時間どおりに流れているだけで、なにも変わらない。私はいつかまたここに帰ってくればよいのだ。深い安堵をもたらす地がこの地上にあるということを知っていればよいのだ。今はそのことだけでよい。

再び取付まで下りると、黄色い大きなキンポウゲが風に揺れていた。

町を出る前に宿の横を通ると、ヘラクレスは外階段にいて、私たちに気づいて小さく手を上げて別れの挨拶をし、屋上へと上がっていった。その姿は昨日も見たようであるし、明日も見るだろうという気がした。あるいは彼は、階段を上がってそのまま天に向かっていくようにも思われた。

カナダ、ささやく湖

青い鳥

朝六時に一度目が覚めるも二度寝。八時起床。シャワーを浴びて朝ごはん。昨日カルガリーからピンチャークリークに来る間で寄ったスーパーで買っておいたヨーグルト、パン、コーヒー、トマト、アボカド。九時三十分頃ホテルを出る。隣の部屋に泊まっていたおじいさんふたりはこれから六十キロのトレイルを歩きに行くんだそうだ。

ここからウォータートンレイクス国立公園までは車で四十分ほどである。山々がどんどん近づいてくる。テントサイトに入る管理ゲートまで行くと、現在四組待ちといわれたので、サイト内をうろついて順番を待つ。香りのよいワイルドローズがたくさん咲いている。空気の感じがさわやかで上高地みたいなところだ。

一時間ほどしてゲートに戻ったら、無事空きが出ていたのでほっとして、指定されたサイトD-7に行き、テントを張ってから町へ出かける。当座の食糧の買い出しをして、ランチにサラミウインナードッグを食べ、キャメロンレイクにハイキングに出かける。

町にいちばん近いこの湖は手軽で人気の観光地のようだ。桟橋には人が大勢いて騒がしかったが、小さな湿原から湖畔の道に入ると静かになった。大きな湖には片側だけに遊歩道がついていて散策できるようになっている。スプルースの林の梢に青い鳥がいて、ブルージェイだと小声で話していたら、通りすがりのハイカーがストラスジェイだと小声で教えてくれる。目が大きくて黒い頭巾をかぶって青い羽根をもった陽気な鳥。道脇には白いズダヤクシュの仲間がたくさん咲いている。これも上高地に似ている。

道が湖に近づいたところで、水際まで行って湖水に触る。空の色を映してまっ青な湖上にはカヌーもいくつか楽しげに浮かんでいて、その向こうには山肌の濃い緑。そんな明るく静止した風景を見つめていると、すっと永遠が舞い下りてくる。

その先はベアエリアの看板があって行き止まりだったので、同じ道を戻ってきた。

夜はD-7でタマネギラーメンとハムとキイチゴ。ビールとウイスキー。二十一時就寝。

ダリエン岬

ウォータートンレイクス国立公園にはいくつもの湖が点在していて、湖をめざして歩く手頃なハイキングコースが数多く設置されている。ハイカーはお目当ての湖に到着するとそこで思い思いにときを過ごし、また同じルートをとって下りてくる。

バーサレイクへのトレイルは町を抜けた先にあって、トレイルヘッドにはこれから歩く道を記した緑色の簡単な案内板があった。往復約十キロのハイキングである。

歩き始めてすぐにレディーススリッパの花に出会う。この花には伝説が残っていて、魔物にさらわれた先住民の女の子が裸足で逃げ出してきたのをかわいそうに思った神様が、花の形をモカシンに変え、女の子はそれを履いて無事に帰ったというお話である。

温かい毛糸で編んだようなぷっくりとした袋状のかわいい花で、やさしい結末にふさわしい姿をしている。

展望台で周囲の山々の眺めを堪能した後は、左手に沢音を聞きながら登る。軽装の人々は途中の滝まで行って遊んで帰ってくるようだ。清冽な水を放出する滝の先はハイカーの姿もぐっと減って、針葉樹林のなかに続くつづら折の登り道となり、ようやく道が平らになると、山々に囲まれて静かに広がるバーサレイクに着いた。一周四・六キロとあるから、比較的大きな湖である。

何人もの人が私たちを抜いていったので、湖の周りには人がいるはずだが、見える範囲には誰もいなかった。鳥の声だけがする、明るい静寂である。

感じのいい、いかにもここが分岐ですよといいたげなスプルースが立つ地点で、湖畔の道は右と左とに分かれていた。私たちは左の道をとって、細い草の上を歩いていった。奥に岩壁のそそりたつ山が見え、その手前を森が覆っている。森は湖のきわまで迫り、緑色の湖水は鏡のようにきらめきながらそれらをくっきりと倒影していた。湖水は足もとを濡らすほど近く、ひたひたと音もなくさざなみが寄せてくる。澄んだ水の下には浅い水底の石までがはっきりと見え、小さい花々がちらくらと湖面に姿を映している。あまりにも美しい、平穏な、ときの止まった静寂のなかで、地上には人知れずこういう空間があるのだな、といつものように思う。

行く手に小さく突き出た丘のような岬が見えてきて、あれはダリエン岬だよと、夫と名づける。ダリエン岬とは、英国の作家アーサー・ランサムの書いた子どもたちの冒険物語『ツバメ号とアマゾン号』の冒頭に出てくる岬の名前である。夏の休暇で湖水地方にやってきた四人きょうだいは、自分たちだけでヨットを操り、湖上の小島でキャンプ生活をすることを両親に許され、秘密の計画を立てに湖に突き出たダリエン岬に行く。

私たちはこの十二巻に及ぶランサムの物語が好きで、日頃の会話に時折物語の細部を挿入して楽しんでいる。ただしダリエンの名はきょうだいたちにとっても借りもので、本来のダリエンとは、大西洋からアメリカ大陸に入植したスペイン人が初めて太平洋を見たときに名づけたもので、実在の場所である。それを彼らは自分たちの新発見の地の代名詞として使っているのだ。つまりここカナダのダリエン岬は、そのまた貸しである。

岬に近づくと、道は二手に分かれていて、岬に上がる道と、湖畔を行く道に分かれていた。私たちは少し迷って、湖畔を行く道をとった。ひたひたと足もとに寄せるみぎわを回り込むと、その先はモレーンになっていて、モレーンの下部には紫色のイワブクロが群落をつくっていた。私たちはその先に進むのをやめ、岬の手前まで戻り、湖水が寄せる石の上に具合よく収まって、靴を脱いだ。

それから湖の石の間に持ってきたプラムを浸けて冷やし、今朝テントサイトで作ったハムサンドを出してきて食べた。夫がこんなに楽しい毎日でいいのかなと言う。いいんだよ、いいに決まってる。人生にはこうした輝ける幸福の一日が必要だ。湖水は絶え間なく光りながら、さざなみを寄せてくる。

楽しいときを過ごしてダリエンを立ち去る前に、先ほど迷って上がらずにいた岬に上がってみた。今しがたランチを食べたみぎわが見え、白い石が光って見える。上がってみると想像していたよりもずっと清々しい場所だったので、上がってよかったと思う。

岬の上にはまだ若いダグラスファー、日本でいうモミに似た木が二本機嫌よく立っていて、枝をこちらにさしのべていたので、今年出たばかりのやわらかい青葉の枝先を握る。この二本の木は遠くからも岬の上に見えていた。ファーの向こうにはほっそりとした若木の林があって、そこから草地をモレーンの方に下りられるようになっている。なにかとてもよいところだなと思って、しばらくそこに立ってこの光景を忘れないようによく見て、もう一度ファーの枝先を握って（握手のつもりである）から岬を下りた。

もと来た道を戻りながら、何度も振り返ってダリエンを見る。私はまたここに来ることがあるだろうか。あったとしてもなかったとしても、今日、バーサレイクに来られてよかったと思う。私のダリエンを見つけられたのも嬉しかった。

そう思いながら、別の思いを私は消し去れなかった。それは、ダリエンでもっといいことを話せばよかったという後悔の念である。ある場所を去るときに、いつもはそんなこと思いもしないのだが、今回はその後悔が一歩ごとにふくらんでくる。

せっかくあんなに美しいところだったのに、私は思い出してもつまらないこと、日常的なよしなしごとを話していたのだ。もっといいこと、たとえば夫が口にしたような喜びを話せばよかったのに。あの機嫌のいい二本の木や、光り輝いていた湖水のさざなみや、静かに沈む石や、あたりを取り巻いている神々しいなにかが、耳を澄ませて聞いていたろうに。絵も描こうとしなかった。

私はすでにスプルースの分岐を越して湖の反対側まで来ていたが、夫に断って引き返した。途中ダリエンがよく見えるところまで戻って絵を描く。描きながら、やはり口に出したことやしてしまったことは取り返しがつかないと思う。そうした行ないも含め、別に誰も私を責めたりしないけれども、他ならぬ自分が後悔することになるのだから、そういうつまらぬ言動は決してしないようにしないといけない。そう思うと自分が情けなく、絵を描きながら泣きたいような気持ちだった。

ダリエン岬はそれほど神聖な場所だったのだ。

ケムクーの道

ウォールレイクへのアカマストレイルは通称ベアグラスストリートだった。

ベアグラスとは植物の名で、夏に緑の茎を一本まっすぐに立て、その高さは一メートルほど、先端に白いユリに似た小花を集めて丸く咲かせる高山植物である。ウォータートンではどのトレイルでも見かけるが、アカマストレイルは特にそのメッカであった。

白いボール状の花が、林のなかに、森の小道に、ぼんぼりのように咲いている。ぴょこぴょこと白い頭を並べて周囲を明るく照らしているのもあれば、ふらふらと重そうに首ならぬ茎を曲げてうなだれていたり、隣のベアグラスとお辞儀し合っているのもある。花つきのいいふっくらさんも縦長のやせっぽちくんも、三兄弟、四姉妹で仲よくかたまっているのも、ひとり孤高を保って超然と立っているのもある。花は十年に一〜三回しか咲かないそうなので、今見ている花は十年ぶりに咲いた貴重な株かもしれない。

大勢の彼らを見ているうちに、だんだん植物というより動物に近く思われ、また白い花の集まりが遠目には毛むくじゃらの生きもののようにもみえて、私は勝手にケムクーと名づけて、やあケムクー、よく咲いてるねと声をかけては写真を撮って歩いた。トレイルは湖を往復するコースで、帰り道にも見ると、朝はまんまるに咲いていた花の頭を誰かさんにぱくりとやられ、茎だけが残されているのもあった。ベアグラスは直訳すると熊の草なので、この甘い花のぽんぽんをクマが食べるのかと思いきや、一説にはは苦手な匂いがするのでクマは食べず、シカやヘラジカが食べるという。

ついケムクーの花にばかり注目していたが、その細長くやわらかい緑の葉を使って、ネイティブ・アメリカンは帽子や籠を作ったと図鑑にある。彼らにとってもケムクーは近しい存在だったのだろう。私の場合、自分で愛称をつけた植物は決して忘れないのだが、彼らはなんて呼んでいたのだろうか。

道の途上

クレイドルレイクはウォータートンに来て四つめの湖である。

歩き始めは白い幹のポプラが多く、ほとんど水平道の明るい小道が続く。足もとには花がいっぱいで、撮ったり描いたりしながら歩いていると、ものすごく時間がかかる。スリースポッテッドマリーポーサリリーすなわち三つの黒い点のあるユリ、インディアンペイントブラシすなわち先住民の絵筆、イエローコロンバインは黄色いオダマキ。

ゆるい登り道を木の間に湖を見ながら上がっていくと、後ろからパッカポッコと音がして馬がやってきた。道を譲り、さらに針葉樹の林をのらくら行くとふたつめの分岐に出る。この道はテントサイトから直接上がってこられる道だが、六キロ以上あるので、今日は車でショートカットしてきている。ちょっと歩いてみたい感じの道である。その先は草むらに細い青トンボが休んでいるのを見たりしながら、湖のほとりに出た。

周りをふたつの黒い岩山と麓の森に囲まれた湖で、湖面にカモの子が何羽か浮いている。そのそばで釣りをする人もいる。私たちは左手に水際を歩いていった。

今日のダリエン岬は大岩がゴロついている水辺で、木陰の岩に座ってランチにする。山からの風に吹かれて、湖水がこちらに向かって寄せてくる。水面のすぐ下の石は白く平たく角張っている。対岸のアスペンに光が当たって光っている。湖を囲む黒い岩山の左側が、テントサイトからも見えている山で、烏帽子形に尖った山容に見覚えがある。私たちのテントは今あの山の裏側で立っているのだ。

湖水を寄せる風に自分も吹かれていると、根が生えて帰りたくなくなる。しかし帰らないわけにもいかない。再び立ち上がって、来た道を戻る。

山の人にはピストン（往復）して同じ道を戻るのを嫌う人がいるが、登りと下りでは見えるものが違うし、考えることも違う。植物ならば咲いていたり閉じていたり、状態が変わっていたりもする。毎回違う道を通る楽しみもあるが、同じ道を通ってもう一度美しいものを見る喜びもあるではないか。

私は最後に湖が見えるところで振り返って湖を見、青いトンボがまだ同じ草むらにいるのを確認し、黄色いオダマキに挨拶しながら歩く。そうして同じ道を歩いているうちに、ふとひと月前に亡くなった大学時代の友人Hが言っていたことを思い出した。

もう十年近く前のことだが、彼女とランチを食べた帰り道、ヤマモモを植えた人家があって、その実が道の上にころころと落ちていた。ヤマモモの実は丸くルビー色で、果実酒に漬けたりもするが、そのままでも食べられる木の実で、表面の粒々がぷつぷつして甘くておいしい。なにより見ためがかわいい。わあ、ヤマモモだよとふたりして拾いながら、Hは「こうやって一緒にヤマモモを拾ってくれるような男の人と結婚したい」とぽつりと言った。彼女は常にエネルギッシュで正義を重んじ、物事を自力で突破しながらどんどん前に走っていける人だったけれども、一方でとても繊細で傷つきやすい心をもっていて、そのことは言葉の端々に表れていた。

私は、彼女がたとえ短かったとしてもその一生を悔いなく生きていただろうことに納得もしていたので、早世を必要以上に悼むのではなかった。ただ同い年の友人の死に、どうしてもとらわれてしまっていた。

しかし私がこうしていつまでもくよくよしているのを、彼女は決してよしとしないだろう。現に彼女は亡くなってしまって、私は生きているのだから。彼女はあんなに頑張って生きていて、これからだって生きていたかったはずなのに、生きている私がくよくよしているなんて、自分にも他人にも厳しかった彼女からしたら許せないだろう。

私はまだどこか近くにいる彼女のたましいが、もっとしっかり生きてよねと言っているような気もした。そうだよね、しっかり生きないと。私は曲がり角で振り返って白い雲の浮かぶ空を仰ぎ、帽子を振って、最後の別れをした。

それから帽子をかぶり直して、午後の光に緑の草ぐさが光っている道を歩いて下りていった。

チャッピーの訪問

チャッピーが現れたのは、ウォータートンでのキャンプ生活も五日目のことだった。カナダに着いた翌日からテント泊で毎日あちこちの湖へトレッキングに出かけていて、さすがに疲れてきたので、その日は一日テント場でのんびりすることにして、朝からベンチに座ったままだらだらしていたときに、チャッピーが登場したのだった。

斜面の草むらから、たーっと道を下りてきて、ぴたりと止まって知らんふりした後、するするとこちらへ近寄ってくる。夫がコロンビアジリスだと言う。

すかさずチャッピーと名づけられた地リスは、ベンチに座って動かない私たちの回りをうろうろする。近くまで寄ってきて、後ろ足で立って、お愛想を振りまいたりする。

きっとキャンパーたちがエサをやっていて、それを目当てに来るのだろうが、我々は野生動物にはエサをやらないことにしているので、ただじっとして目だけで観察する。

背中は焦げ茶で黒い点々があって、お腹は白く、つぶらな黒い瞳をしていて耳は小さい。特徴的なのはビーバーのように平たい丸い尻尾である。立つときはこれで体を支えている。近くで見ると背中と尻尾が丸っこくすべすべしていて、模様がきれいである。すてきな毛皮だなあと言うと、夫が毛並みと言ってくれと言う。

チャッピーは私たちがなにもくれないので回りをうろつくのをやめて、焚き火用の鉄囲いを伸び上がってのぞいたり、草むらに戻って草の茎を前足で持って先端の細かい種子を食べたりする。そのようすがいやにかわいい。立ったときにひょいと曲げる前足がかわいすぎる。エサはあげられないが、毎日遊びに来てほしいくらいだ。きっとチャッピーは今まで草むらから俺たちのようすを見ていたんだよ、今日はどこへも出かけないから出てきたんだと夫が言う。

そのうち雨が降ってきて、慌てて洗濯物を取り込んだり、炊事道具を片付けたりしていたら、チャッピーはいつのまにか巣に帰っていったようであった。

サスカツーンパイ

ウォータートンの町は国立公園内の小さな町で、テントサイトからは車で十五分ほど離れた場所にあった。ガソリンスタンドにハンバーガーショップ、書店にアイスクリーム屋にアウトドアショップと、キャンパーに必要な店はひととおり揃っていて、なかでも私たちが日参したのはジェネラルストアであった。

そこにはじゃがいもや冷凍肉や小麦粉や缶詰やチョコレートなどの日持ちのする食料品はもちろん、アウトドア用品も少しばかり置いてあって、さらにはボールペンや電池といった日用品も扱っている、古い映画に出てくるような外観の雑貨店だった。

私は町に出ると必ずその店に立ち寄り、キャンプ生活に必要な食糧を買うついでに、棚に置いてあるものをつぶさに見ていった。多くのものは眺めるだけで満足できたが、ときには思い切って買ってみるものもあった。あるときはもう何十年も前からそこで埃をかぶっていると思われる、すでにアンティーク化した絵はがきを数枚レジで出したら、「フリー」とひとこと言ってタダにしてくれた。

缶詰や瓶詰の棚は変わりばえがしないが、野菜や果物、肉やパンの売り場は数日に一度の入荷で変化がある。特にパン売り場（といっても棚二段分だけだが）には二日に一度、新しいパンが入ってきていた。

そこには瓶詰のホームメイドジャムも置いてあって、ラベルに手書きでブルーベリーなどと書いてあるのも買いたくてたまらないが、しかしキャンプ中に到底パンに塗り切れないと思うので見ないようにする。

棚にはパンだけでなくパイもある。ワンホールの丸い大きなパイで、ビニール袋にどすんと入れただけのそっけない包装だが、見るからに手作り感いっぱいで、見るたびに買ってみたいなと思うが、なにせ大きいし、持ち重りもするし、ここにどれだけのお砂糖が入っているかと思うと、ジャム同様二の足を踏んでしまう。見ているとブルーベリーパイだけは定番で、アップルパイがプラスされる日もある。そしてある日入っていたのがサスカツーンパイだった。

サスカツーンパイ？　もしかしてこのサスカツーンとは、カナダ北部の州、サスカチュワン州のことだろうか？

二十年ほど前、初めて私がカナダを訪れたときに行ったのが、サスカチュワン州とマニトバ州という、日本人には馴染みのないエリアだった。ふつうカナダといえば、日本人観光客の八〇％以上がロッキー山脈かモントリオールを訪れる。カナダ政府観光局としては別の地域にも日本人を誘致したかったのだろう。私はそのときプレスツアーの一員として訪れたのであった。

特にサスカチュワン州は未だ原始の色濃いエリアで、私は自宅の裏庭に小型飛行機の滑走路があるガイドや、狩猟用の小屋を持ち、日々獣肉を食しているガイドとともに、フィールドを歩き回った。以来私にとってカナダとは、サスカチュワンでありマニトバであったのだが、その後カナダについて知るうちに、それらの州はカナダ国内でも辺鄙な地方とされ、特にサスカチュワン州の住民はサスカッチと呼ばれ、田舎者扱いされていることを知った。もちろん彼らの名誉のためにいうと、私が会った人たちは野性味はあってもジェントルで心優しい人ばかりであった。

それで私はアルバータ州ウォータートンのジェネラルストアのパン売り場でサスカツーンパイを見た瞬間、ああ、これは「田舎パイ」という意味だな！　と思った。

田舎パイというからには、ドライフルーツやナッツが入っているのだろうか。貼ってあるラベルには「フルーツ、シュガー、コーンスターチ、レモン」とあるだけで、どんな味かわからない。食べてみたいけれども、ワンホール十五ドルと少々高いし、食べ切れなかったら困るしと、一応手に取ったまま迷っていると、女の人がつかつかとやってきて、棚にあったブルーベリーパイを横からさっとつかんで去っていった。はあ危ない、もしかしてあの人はサスカパイを狙ってきたのではないだろうか。やはりこれは買うしかないと意を決して、私はパイを買った。

その晩の食事のデザートに、早速ケーキ入刀である。切ってみると、薄いパイ生地にブラックカラント（黒すぐり）のような実のフィリングがどっさり入っている。ただのジャム煮が入っているのかと思いきや、さわやかで生の果実の味のする、パイ用にきちんと作られたフィリングだった。八分の一ずつ切って食べたのだが、夫はいくらでも食べられそうと、もう八分の一食べてしまう。

翌朝の朝ごはんにまた八分の一ずつ食べて、町の書店で買ったばかりのベリー図鑑を繰っていると、サスカツーンという名の実が載っていた。あれっ、サスカツーンって名前の実がちゃんとあるよ! よくよく写真を見ると、パイに入っていたのと同じ、黒くて丸くて、先端がちゅっと割れた、ちっちゃな実である。つまりサスカツーンは田舎という意味ではなく、れっきとした木の実の名であった。田舎パイなどと勝手に呼んで申し訳ない。

しかしサスカツーンというからには、サスカチュワン州に多い木なのだろうか。二十年前に行ったときも、ガイドと森を歩きながら木の実を採って食べたりしたけれど、名前はとんと覚えていない。もしかしたらあのとき、この実を教えてくれていたかもしれない。二十年経ってまた、カナダの黒いちっちゃな木の実が、「忘れないでよ!」と私の前に現れたようでもある。

サスカパイはその日のランチに残りの三切れ持っていったらもうおしまいで、それ以降、ジェネラルストアのパン棚に入荷することはなかった。

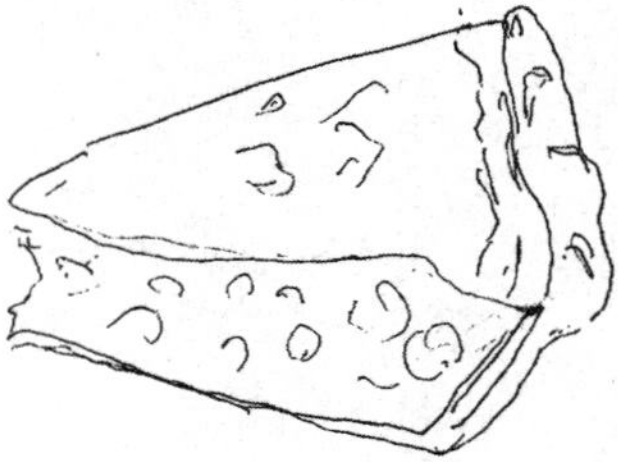

タムラックがよい

そしてもうひとつ、毎日のように通っていたのが、これもまた町で一軒だけのアウトドアショップ、タムラックであった。

山の人にとってアウトドアショップほど心休まる店はない。アウトドアの道具類は実用的であるがゆえにシンプルで美しいものが多く、見ているだけでも楽しい。アウトドア愛好家はすなわちアウトドア道具愛好家でもある。気になる道具を何度も何度も店頭で触りながら、重いかな軽いかな、使えるかな使えないかな、買おうかな買わないでおこうかなと、頭のなかでシミュレーションしては楽しんでいる。山道具選びは山登りと同じくらい楽しい遊びなのだ。

タムラックは町の中心部からは少し離れていたが、テントサイトから下りてきた町の入口にある。駐車場に車を停めただけで気持ちはもう高揚している。品揃えは豊富で、テントやキャンプ用品はもちろん、登山道具、クライミングギア、釣り道具、マウンテンバイクにウエアやシューズなど、大抵のものが揃っている。基本の道具は当然日本から持参しているので、ガス缶などの消耗品の他は特別買い足すものはないはずなのに、ああこれが足りないわ、あれがやっぱり買いたいと理由をつけてはしげしげと通った。最初は荷物になるので置いてきたテントマットを追加して買った。それから鼻緒が突然切れたのでサンダルを買った。それからガス缶、マッチ（これは趣味）、アウトドアの料理本も（その名も『フォーク・イン・ザ・トレイル』）買った。

店の人も、ああまたあいつらが来たぞという顔をしている。いやきっと、私たちだけでなく、長逗留のキャンパーたちは皆、あれがないこれがないと言い訳しながら毎日のようにやってくるにちがいない。

そうして行くたびに触っていて買わなかったものもある。青いホーローのマグカップである。日本でも時折見かける商品だが、日本にはない、底がぷっくりと丸みを帯びたカップで、ひとめ見て欲しいと思ったのだが、結局買わなかった。

私がふだん山で使っているカップは三十年近く前に購入したもので、なんの変哲もない、ただのステンレスカップである。確かその店でいちばん安いカップだった。以来山でも旅でもマイカップとして持参するのだが、一向に壊れないし、なんの問題もない。山道具はかように堅牢で長持ちなのだ。食事用のシエラカップは別として、私は他のマグカップを買ったことも使ったこともないし、このカップが壊れないかぎり、これからもないだろう。今さら新品に替えたいとも思わない。それだのにここで新しいカップを買ってどうすると思ってしまう。家で使えばいいとも思うが、私はあいにく山道具を家庭でも使う趣味はない。家では家用のきちんとした食器を使いたい。そして家の食器はほいほい買い足すくせに、山の道具になると途端に保守的で義理堅くしぶちんになる。

もうひとつ買わなかったものは、毛糸のミトンであった。タムラックでは手編みのセーターや帽子や手袋も置いていて、少し無骨な、味わいのある、他では決して手に入らないであろう地元メーカーの手編み製品がたくさんあった。かわいい編み込み柄のミトンはぜひ欲しい。ガーンジーセーターもすてきだ。値段も手頃だし、これは必ず自分土産に買って帰ろうと思った。私は気に入った柄のそれらを他の人が買ってしまわないように後ろの方に隠しておいた。最終日まで我慢して買おうと思ったのだ。なのに買わなかった。あんなに気に入っていたのになぜだろう。おそらくそれは、日本に帰っていざ着ようとすると、気後れするのではないかというおそれであった。

そうしたことはままあるのだ。インドで現地の女性が上下揃いのパンジャビを着ているのを見ると、欲しくなって買ってしまう。タイでは派手な色と模様のストールを何枚も買い込む。その国で身につけている分には違和感はなく、むしろ似合ってもいるのだが、日本に帰ってきていざそれを着て外に出ようとすると、相当の勇気がいる。よしんば勇気を奮って着て人に会っても、相手はまず私の装いに対して見て見ぬふりをする。日本でも着られるものを慎重に選んでいるはずなのだが、明らかに異邦人なのだろう。

カナダのミトンもそれだった。セーターはなおさらだった。せっかく買っても身につけないのならば、誰か気に入った人が買ってくれる方がよいに決まっている。いちばん後ろに隠してあるから、日の目をみるのは当分先かもしれないが。

ビジービーバー

テントサイトと町をつなぐ車道沿いには途中に小さな池があって、まんなかにビーバーの巣がある。しかし今日もビーバーの姿はない。

そこにビーバーの巣があると気づいたのは滞在してしばらく経ってからで、それからは必ず車を停めて観察するようになった。しかしこれまでは一度も出てこなかった。というより出てくるところを見られなかった。夜に水中を泳いで地上に出てくるのだろうから、人間が彼らを見られる確率は限りなく低いのだが、もしかしたら気が変わって、日中にひょっこり頭を水面に出すかもしれない。そう思って期待半分で観察していた。見ていると、いつもピピーポ、ピピーポという鳥の声がする。

車を停めて路上に出て観察しているので、時折通り過ぎる車が、あいつらはいったいなにをしているのだろうと不審に思っているのが背中に感じられる。あるときは車が停まって、なにを見てるんだいと質問された。ビーバーの巣があって、出てこないか見てるんだと答えると、彼らは大きく頷きながら、「Oh, beaver.」とひとこと言って走り去っていった。その反応には、まあ、ビーバーがこんなところにいるのねという驚きであり、ビーバーを見たいのならしばらく頑張っているしかないねという励ましのようでもあり、さらには数少なくなったビーバーに対する一種の敬意のようなものも感じられた。

カナダにはビジービーバーなる言葉があって、日本の働きバチと同じ意味で、せかせかと忙しく働き続ける人を指すそうだが、そうした慣用句にも登場するほど、カナダ人にとってビーバーは身近な野生動物だったのだろう。以前カナダを訪れたときに一度だけ、川を泳ぐビーバーに遭遇したが、そのときも彼は急いでどこかへ行くところだった。

今日もビーバーは暗くなるまで出てこなかった。家の中で忙しくしていたのかもしれないし、ぐーすか寝ていたのかもしれないが、ビーバーにはビーバーの都合がある。木々を上手に組んで作られた大きな巣の上には、黄色い草が何本か生えていた。

おじさんの湿原

おじさんがひとり、後ろから来て、ゆっくりと私たちを抜いていった。

初夏のウォータートンを歩くハイカーは、皆Tシャツかタンクトップに短パンといった軽装で、荷物も少なく、足どりも軽い。立ち止まっては花だの山だのを見ている私たちを足早に抜き去っていく。そんななか、白シャツにニッカボッカ、一本締めザックのレトロな装いのおじさんは目についた。もう幾度もこの道は歩いているといったふうで、いかにも慣れた速度で遠ざかっていく。

おじさんと再び遭遇したのは途中の湿原であった。森を抜けた先で開けた湿原は緑に覆われ、涼やかで心地よい空間が広がっている。おじさんは湿原の隅を流れる小川のほとりに足を投げ出して座り、ひとりランチを決め込んでいた。湿地帯で蚊が猛烈に多いのにもめげず、青いヤッケを頭からかぶって防戦している。彼の位置からはこのあたりでいちばん高いピークがよく見える。お気に入りの場所のようであった。

私たちは湿原からさらに湖まで登っていった。道の脇の斜面にはお花畑が広がり、さらに針葉樹の林に変わって、眼下に先ほどの湿原が見下ろせる場所に出た。おじさんはまだあそこに座っているだろうか。それともランチを終えて上がってくるだろうか。

スプルースにダグラスファーにカラマツが交じり始め、やがて山上の湖に出た。ウォーターートンのトレイルの終点はどこもピークではなく湖で、それぞれに表情がある。アッパーロウレイクは岩壁に囲まれた丸い小さな湖で、みぎわを新緑の若いカラマツがこぎれいに縁どっていた。澄み切った湖の水も美しい。カラマツの薄い緑もスプルースの濃い緑も、岩壁に残る雪渓の形も、黒い稜線も青い空も白い雲も、周りの景色をすべて反転させて映り込ませている。そこに静かな風が吹いて、それら湖面の景色を波立たせる。波が立つと景色は崩れるが、もとの色と形は留《とど》めていて、それもまた美しい。

私たちは音のない湖畔に座ってひとときを過ごし、再び同じ道を下ってきた。

湿原におじさんの姿はもうなかった。おじさんは湖までも登らない。湖にもピークにも登らないけれども、その気持ちはよくわかる。歩くだけ、座るだけでいい山歩きというのもあるものだ。行きには気づかなかったが、おじさんの座っていた位置からは、青いワスレナグサの群落もよく見えるのであった。

さらばD-7

長く一ヶ所に滞在していると、季節が変わっていくのを感じる。それは本質的にはどんなところにいても同じなのだけれども、自然しかないところだとその移り変わりがよくわかる。今朝の空は秋の空だし、一週間経って咲いている花も変わったなと思う。

朝は七時頃起きて、松林に朝の光線が入るところや、すでに馴染みになったキツツキのお父さんが、私たちの車の横に立つ木をコツコツしながら上っていくのを見たりした。

それから最後の朝ごはんを作って食べて、テントを畳んでD-7にお別れする。去り際に夫が車止めに毎日使っていた平たい四角い石を拾って、そのままどすんと車内に入れたので驚く。そのことを彼は無意識で行なったらしい。

テントサイトを車で出て、ビーバーの巣の横を通って、いつもは停まらない途中の原っぱで外に出て、山の絵を描く。近所のとんがり山はマウント・ガーウェイ、D-7とクレイドルレイクから見えていた山はマウント・クレイドル、その奥の稜線がガビガビの山はマウント・キャンプベル。小ピークが教会の鐘のように並んでみえるからだろう。いい名前だ。

穂をつけた草ぐさが午前の光に光っていて、日ざしは暑いけれど風が吹いていて、草原のまんなかに道があって、なんともいえないさびしい気持ちである。山を歩いてきて、いつも別れ際に感じる気持ちと同じである。名も知らぬ草がきらきら光っていて、ベルを下げたツリガネソウや小さなバラがぽつぽつ咲いているのを見ると、この気持ちは写真には写らないとわかっているのに撮らずにはいられない。

ウォータートンよ、さようなら。通い慣れた道をいつもと反対に折れて、次の目的地ロッキーへと向かう。

自然の姿

地球の形成

ものすごく風が強い。吹く風の音が大地の果てを感じさせる。

ポルトガル最西南端のサン・ビンセンテ岬に立つ灯台まで来たとき、体ごと海上まで吹き飛ばされそうな強風が、ヒューヒューと悲しげな音を立てて吹き荒れていた。

海の色はエメラルドグリーンの寒々しい色で、空には厚い雲がたれこめていて、カモメやイワツバメが灰色の空高く、風にあおられて乱れ飛んでいる。

もちろんこの岬も夏には陽光が降りそそぎ、歩く人は半袖で、明るくにぎやかな場所になるのだろうが、かえって春先の今の方が本来の姿をみせるのかもしれない。この海の色と空の色と崖の色とがあまりに暗く、そして寒い。

昨晩泊まった岬近くの町サグレスのアパートメントでは、夜半に雨風が強くなって、しかも風がさみしい音を立てて吹いていて、そしてふっと電気が消えて停電になった。暗闇に慣れると、外からの光でぼんやりと部屋の天井や調度が浮かび上がる。ここに暮らす人は夜中にこんな音を始終聞きながら生きているのだろうか。よほど強靱な精神の持ち主ではないだろうか。町の人は日中も少々の雨くらいではコートの衿を立てて足早に歩いていくだけで、傘などささない。ただ濡れるにまかせている。風の音など、少しくらいなんでもないのかもしれない。

停電は翌朝の九時まで続いた。

サン・ビンセンテ岬からは北へ海岸線が続いていて、切れ落ちた断崖絶壁が遠くどこまでも続いている。その垂直の断崖の海への切れ落ち方がすさまじく、地殻変動の跡をそのままさらしているようにみえる。何億年も前に猛烈な轟音とともに大陸が形成されていった、そのものの割れ目を感じさせるのだ。もちろんその後の長大な年月の流れと気候の変化、絶え間ない海面の動きによっても大きく変化はしているだろうが、そこにははるかかなたにあるはずの過去が現実となって目の前に姿を現している。

今ある大陸はこうやってできて、今も人間とは関係なく、その威容をまざまざとさらし、厳然として存在している、そのことが恐ろしい。人間が意図してつくったものでないものは、いつもこうして畏怖を感じさせる。

断崖絶壁の上部には草が生えていて、黄色い小さなペチコートスイセンが強風に揺さぶられながら咲いている。この地域にしかない稀少種で、過酷な状況に咲くことで生き残ってきた種らしく、絶壁の土塊に張りつくようにして揺れている。

絶壁上の台地にはぽつーんぽつーんと家があり、人が住んでいる。絶壁下の砂地には海釣りの老人がバケツを持って歩いている。よくもこんなところに家を建てて、住んでいられるものだ。自分の想像をはるかに超える時間の経過と、自然のはかりしれない動きや巨大な力を日々感じながら生きるなんて、自分にはとてもできない。なにをやってもかなわないという存在をいつも間近に眺めて暮らすなんて恐ろしすぎる。

しかし本当は、ふだんからこれらと同じものはすぐそばにあって、けれどもそれを感じずに、いや感じないようにして暮らしているだけなのだ。ただ、今この岬で、地殻変動の跡という形でその現実を目の当たりにして動揺しているだけなのだ。それはつまり、日常でふとした瞬間に死を感じるのと同じ感覚だろうか。自然は常に死と直結している。

岬の先端に立って、はるか下方の波頭や粘土質の断崖を見ていたら、自分などは、たとえていうなら浜の小石のひとつも拾ってないなと思う。そしてこれからも拾えもしない。いったいなにをするというのだ。なにができるというのだ。なにかしたところでこの粘土でできた絶壁には、この灰緑色の海にはおよそ関係ないし、なんの意味もない。だからといって虚無的になるとか絶望するわけではないのだが、見てしまった以上、見なかった自分には戻れないし、見なければよい、見なければない、ということではない。この感覚はやはりどこまでも死と一緒だ。

こうした海辺の断崖絶壁はこれまでにも国内外で何度となく見ているし、映像としても見てきたが、このユーラシア大陸西南端の岬に自分の足で立ち、目で見て、全身で感じる感覚はまったく異質のものだった。

あの暗くさびしい波の色や風の音、海中の岩の回りに起きる白い泡沫、波頭が砕けるときの毎回違う形、曇った海と空の境目のない灰色の水平線の丸み、地中の鉱石にも似た冷たい灰緑色の水面。最初に目にしたときの、直視できない真実を見てしまった嫌な感じ、全身がそそけ立つような恐怖。

しかしそれこそが、まさに自分が立っている地球そのものの実体だったのだ。

地球の形成

春の林

ただいまロシアのウラジオストックの春の木立で、切り株の上に座っている。足もとは薄紫色のエゾエンゴサクと、黄緑色のオオコガネネコノメと、白いホロムイイチゲと、黄色のウマノアシガタとリュウキンカの花々に囲まれている。ここには紫色のタツタソウを見に来たが、それも咲いている。こうした早春の花々で、夏に葉が枯れて姿を消すものをスプリング・エフェメラル、春の妖精と呼ぶんだったなと思い出す。随分とファンタジックな呼び名だが、それらの花の楚々とした立ち姿といい、か細さといい、淡い色味といい、やはり早春にしかない可憐な美しさだ。

それらがこの木立の下草としてどっさり咲いていて、きらきらと光が射し込んで、いかにも浅い春の明るい林である。どこかで小川がちょろちょろと流れる音がする。

昨日はキスミレを見に山へ行った。そこは一面キスミレの園になっていて、足を踏み入れるのが憚られるほどだった。下を向いて咲くその黄色いスミレの、いちばん外側の花びらの裏の、はけですっすっと描いたような茶色が美しかった。

やはりどんなものも美しいものは年月をかけてできあがるもので、一朝一夕にできたものはない。

昨日はキスミレの園があまりにすばらしいので、途中から写真に撮るのをやめた。どう撮ったとしてもうまく撮れないし、写真には撮れないもの、写らないものがある。私は写真家でもないのに、写真との距離が近すぎる。近すぎることによって、いつも写真を撮らねばとか、撮っておけば後で仕事で使えるなどと思って、とりあえず撮っておこうという気持ちが働いてしまう。そうなると安易に写真ばかり撮って、印象も撮れたと勘違いしてしまう。しかし私が残したいのは、そのときの印象や心の動きやそれを表す言葉であって、写真は補佐でしかない。だからせめて昨日のキスミレは絵にした方がよいと思って描いた。絵の方が対象をよく見て描くので、印象が心のうちに定着するのだ。

それで今日のこの林でも絵を描く。タツタソウは花の色は薄い藤色で、葉の縁が赤紫色。葉は水生植物のような少し滲んだ緑で、形もハスの葉に似ている。花と葉両方で不思議な雰囲気――北方の野草らしい透明感のあるたたずまいに、そうそうとした生命感を内包している。

タツタソウを描いて、切り株から立ち上がって振り返ると、目の前の木の枝先が目に入った。その枝先の冬芽が、まるでロシアの正教会の塔のように丸く、きゅっと絞った形をしている。幹を見ると白い。シラカバだ。

この林に来るまでの車道沿いでは、自家製のはちみつを売る露店が数軒出ていた。周囲に人家はないので、どこからか車で運んできたのだろう。はちみつの花はソバ、ボダイジュ、野の花などさまざまで、丸いプラスチックの容器に入ったそれは、どろりと濁った象牙色や濃いカスタード色や焦茶色をしていた。その横にはシラカバのジュースのボトルが並んでいる。早春の頃に採れる樹液で、根から枝先の新芽に養分を送る木の幹から採ったものである。一見して清水のようだが、野趣を含んだ淡い甘みがある。あの澄んだ水が、今まさにこの目の前のシラカバの中を静かに通っているのだろう。

立ったままシラカバの冬芽も描いて、満足して歩き始める。下草の下にはカシワの葉が降り積もっていて、ふかふかしているのを足裏に感じる。

この林は幼い頃に絵本で見ていた、まさに絵に描いたような原生林で、細い幹の木々はまっすぐだったり、ねじれていたり、倒れていたり、根もとから二本に分かれたりしながら、絶妙な間隔を置いて広がっている。その枝先に、けぶるような黄緑色の芽吹きが始まっていて、その出るか出ないかの萌芽に春の光線が当たり、光はそのまま林の下まで射し込んで草葉や花を輝かせている。

林は見渡すかぎり広がっていて、私は立ち止まって、そこから発せられる植物の息吹を全身で感じ、春の林のもつ生命のきらめきを見つめた。

ヘルンリ小屋

小屋前のテラスにいる誰もが帽子をかぶり、サングラスをかけて、山頂付近を仰ぎ見ている。なかには双眼鏡で一心に見ているおじいさんもいる。今まさに登攀中のクライマーの動きを観察しているのだろう。短パンにランニングシャツで精悍な体つきのおじいさんもいる。ベンチに座り、愉快な調子で話し続けているおじさんもいる。隣に座ったおばさんの帽子にはすてきな鳥の羽根がついている。スープを運んできてくれる女性もサングラス姿だ。高所ゆえに紫外線が強いのだ。まだ若い、隣のテーブルの男の人は緑色の帽子をかぶって、口もとに笑みを浮かべて、頂稜から目を離そうとしない。登頂したときの思い出を心に描いているのだろうか。誰もが皆朗らかで、いい顔をしている。

ここヘルンリ小屋は、スイスの名峰マッターホルンのヘルンリ稜三二六〇メートル地点にある。ヘルンリ稜は頂上へのノーマルルートで、一般登山者が登れるのは通常この小屋まで、この先は登攀技術と装備をもつクライマーの世界になる。それでも小屋まで登ってくる人は、それぞれにマッターホルンに思い入れのある人々なのだろう。

今朝ツェルマットからのロープウェイを降りてシュワルツゼーから歩き出したときも、おじいさんがおばあさんにさよならのキスをして歩き始めていた。おじいさんは少し登って、青いゲンチアンや黄色いパンジーなどアルプスの花々が咲くところで足を止め、下に小さく見えているおばあさんに手を振っている。おじいさんはゆっくりだけれども確実な足どりで登っていく。ヘルンリの小屋まで行ってくるよと言って別れてきたのだろう。おばあさんは下の小屋でちょっと心配しながら帰りを待つのだろう。

羊小屋を過ぎてゆるやかに登っていくと、急な雪道になる手前で、道脇に座った夫婦が携帯用のワインカップを片手に笑顔で話していた。ここがお気に入りの場所なのか、もうここでいいわねとなったのか、ふたりは今日この山の一角にいることを祝っているようにみえる。

雪の急斜面ではロープが張られた箇所もある。岩陰には白い花びらに金色のおしべのクロウフットが咲いている。しばらく雪面を登り、ようやく灰色の石造りのヘルンリ小屋に着いた。

黒い岩と白い雪の美しい三角錐のマッターホルンには雲ひとつかかっていない。ここ数日、下界から見ていたときには厚い雲にすっぽりと姿を隠していたが、今はまぶしく、輝くばかりの威容をもって目の前に超然と聳えている。

山はひとつだけれども、人それぞれにその山には思い出があり、親しみがあり、幸福がある。どんな山も、山は常にその人にとっての山である。

ヘルンリ小屋

竹の水

直径一メートルにもなる世界最大の花ラフレシアは二十種ほどあり、東南アジアの亜熱帯の国々に自生していて、今回訪れたのはマレーシアであった。自生しているといっても、道端で簡単に見られる植物ではないので、現地のガイドに案内してもらってジャングルへ見にいくしかない。個体数が少ない上、人が入れる場所にあればよいが、それとて都合よく咲いているとは限らず、咲いていたとしても状態のいい期間は限られる。

さまざまなつてをたどって頼んだガイドはサタといって、腰にナタを下げて待っていた。彼と彼の助手についてジャングルへ入っていく。そこには人幅だけの細い踏み跡がついていて、濡れて滑りやすい道をひたすら歩き、倒木を越え、沢を渡り、バナナの落ち葉を踏みながら登っていく。あたりは蒸し暑く、汗がだらだらと流れ落ちる。一時間ほど歩いた後、ずるずるの斜面を登ると、ついにラフレシアが現れた。中央に穴のあいた円盤をもち、赤い花びら（正しくは萼片）を五枚大きくべろんと広げ、地面に張りついているようすは、教科書や写真集などで見慣れた姿で、ああやっぱり同じだわと思わず笑ってしまう。花は開いて二日目で、ごくきれいな状態である。

見た目はゴム製の大きなおもちゃのようだが、かがんで触ると厚くて固い革質で、中央の赤い円盤（これも萼片の一部である）には白い水玉模様がきれいに浮かんでいる。近づくと少し嫌な匂いがする。ハエやハチがぶんぶんたかっていて、白い水玉はよく見ると透明で光を通し、虫が円盤の内部に入っても外が透けて明るく見えるようになっている。この水玉の光があることで虫は安心するのだという。

咲いている花から少し離れた場所には、トチの実を巨大化したような、シャクヤクのつぼみを茶色くしたような、丸い物体が二、三個転がっている。転がっているようにみえるが実は根でつながっていて、これがラフレシアのつぼみだという。触ると表皮だけポクポクしていて中は固い。つぼみは木材の固さである。茶色いつぼみは固く閉じて開きそうになく、中にあのゴム状の赤い花が入っているとはとても思えないのだが、それはどんな植物でも同じだろう。開花時は夜開き始め、一日であの姿になるという。こうした自生地がこのジャングルに数ヶ所あるそうだ。

夫は四方八方からラフレシアを念入りに撮影する。それはそうだろう、この花をめがけてはるばるここまでやってきたのだから。写真を撮る彼は夢中だが、サタも助手もそして私も、しばらくすると退屈して、撮影の邪魔にならない少し離れたところでかがんでぼんやりし始めた。腰を下ろしたくても地面はドロドロなので座りたくない。かがんだままの姿勢でぼんやりするが、周りはジャングルで熱帯植物がむちゃくちゃに生えているだけで蒸し暑く、おまけに天気はどんより曇っている。足もとを見てもきれいな花があるわけでもなく、周囲にはスケッチしたい植物もない(ラフレシアはすでに描いた)ので、ただぼんやりとする。

こういうときになにか考えることがあったかなと思うが、なぜか思考が開かない。同じ野外でも山上や平原などではいくらでもするすると思考がすべり出てくるのに、なにも出てこない。熱帯のジャングルとはこういうものなのかなと思う。蒸し暑さゆえか、もつれ絡まり合う生命の繁茂ゆえか、思考停止のまま、かがんだ膝の上に肘を曲げてほおづえをついて、あるいはサタのように両腕を膝にのせてぶらんぶらんと前に伸ばして、気だるくぽかーんとしているだけなのである。

小一時間してようやく撮影が終わった帰途、同じ道を下りながら、サタは突然密林に入っていった。そこには太い竹の林があって、サタはナタでその高い桿をカーンと切ってストンと落とし、節と節の間に溜まった水を私たちに飲ませてくれた。この地域の先住民であるオランアスリは水筒を持たず、喉が渇くと竹の水を飲むのだという。その量は傾けるとザーッと流れ出るほど豊富である。せっかく切っても中を開けると茶色く濁っていたりもしたが、手渡してくれた竹には澄んだ水が入っていた。私たちははるか遠くからここへやってきたけれど、彼らははるか昔からここに住んでいる。

彼らは歩きながら、木の枝を折ってちょいと交差させて冠を作ってくれたり（お祭りで女性がかぶるそうだ）、歯痛用の木の実や、腹痛用の草の水や、オレンジ色で歯が黒い巨大バッタなどを見せてくれる。そうしてずるずると滑りやすい道をそろそろと歩いて、ジャングルの外へと帰ってきた。

サボテンおじさん

メキシコのバハ・カリフォルニア半島はそのほとんどが砂漠地帯で、半島を縦貫して国道が通っている。車窓から絶え間なく見えているのは、丘陵か平原にサボテンが林立し、ときに大岩が堆積する荒涼たる景色で、その向こうには地平線が白くかすんでいる。そうして随分走ったなと思われる頃にやっと小さな町が現れる。

初めて半島を訪れたときは、バスを使って点々と町に寄りながら旅をした。バスといっても長大な半島を走り抜ける長距離バスであるから、日本の路線バスのようにのどかなものではない。ひとたび国道で降りたら、後は自力で交通手段を得るしかない。

数日間滞在したサンタ・ロザーリアでチャーターした青い車のタクシーの運転手は気

のいいおじさんで、サボテンがいい場所に行って、という無茶な注文にいささかも動じることなく案内してくれた。そして広大な砂漠地帯で車を停めては降りて、延々とサボテンを撮影したり石拾いに熱中している私たちを見て、これは自分も好きにしていていいらしいと気づいたおじさんは、そのへんに生えている小さめのサボテンを引っこ抜いて集め始めた。家の庭に植えるのだそうだ。

どこもかしこもサボテンだらけなのにまだ庭に植えるの？　と思うが、彼にとってのサボテンは、我々にとっての木々と同じで、日々の安らぎに欠かせないものなのかもしれない。そして花壇の縁にでも置くのか、手頃な石も拾って、どすんどすんとトランクに入れている。

私はおじさんが、これはいい石だぞと手渡してくれた持ち重りのする石——それはメキシコの大地の色をした赤茶けた砂岩と、アメジストを思わせる紫と白の鉱石だった——をふたつももらってしまった。

モモの宇宙

カムチャツカ半島第一の都市ペトロパヴロフスク・カムチャツキーには大きな市場があって、一階が食品売り場になっている。鮮魚、精肉、野菜と果物、パンと菓子と乳製品の、大きく四つのブースに分かれ、扇状に広がって店が並んでおり、見ているだけでも楽しい。滞在中は暇さえあれば出かけていって、その日に食べるものを調達した。

肉や魚は買えるものに限りがあったが、果物なら欲しいものを量り売りで買うことができる。それぞれの店がさまざまな果物を工夫してきれいに積み上げているなかに、平たいモモを見つけた。日本でモモといえば、丸く大きく薄紅色をした、やわらかく傷つきやすい贅沢な果物だが、そこで売られているモモは平たく、掌ほどの大きさで、裏の畑からもぎってきたような新鮮味があって、値段もキロで五、六個は買える勘定だった。

試しに一キロ買って、教えられたとおりよく洗って皮ごと食べてみると、少し固めで食べやすく、そしてとろりと濃い甘みがおいしい。その全体のようす、姿といい味といい、極東ロシアというより、どことなく中央アジアの作物のたたずまいである。

平たいけれどもぷくぷくしたその形から大福モモと呼んで、見つけると買って食べるようになった。そのうち食べるだけでは惜しくなって、絵に描いておこうと描き始めると、これがなかなか難しい。丸いモモよりは簡単だろうと思っていたが、平たくてしかも丸い感じが出ない。何度も描き直していると、表面の皮の赤い模様に微妙な濃淡があって、モモによって異なることに改めて気づく。模様の上には小さな粒々がついていて、それが天の川の星のようにもみえて、なにか宇宙的だなと思ったりもする。

しかしよく考えれば、モモは幾日も太陽の光を浴びて色づくのだ。一本の木でも陰日向で色は変わる。日がよく当たるところは赤くなり、陰の部分は白くなる。それは自然の動きそのものによってつくられた模様だから、それが宇宙的にみえて当然だなと思う。

ロシアでモモを描くことで突然真理に触れた思いがした。

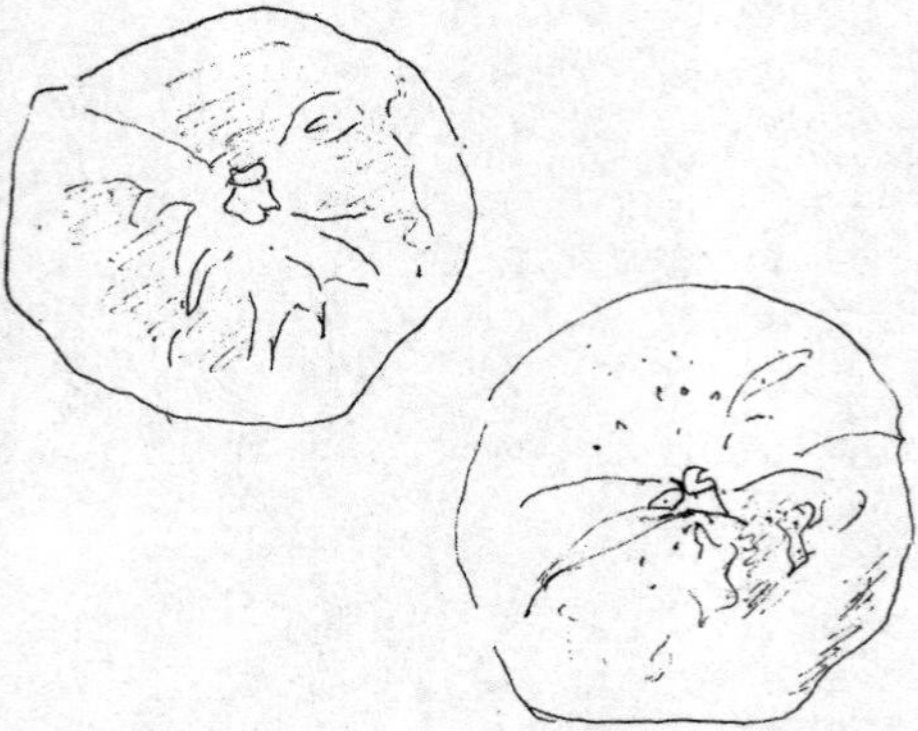

モロッコの壺

地の果て

ある作家の紀行に、サハラ砂漠に立って「ここが地の始まりだ」と感じたとのくだりがあって、それを読んで数年後にサハラをめざしたとき、自分はいったいどう感じるだろうかと思っていた。

サハラは日本からみればはるかなる地だ。私たちはスペインまで飛行機で飛んで、港まで列車に乗り、ジブラルタル海峡を船でモロッコへ渡り、アトラス山脈をバスで越えて砂漠へのゲートタウンへ入り、ジープで核心部へ行き、最後はラクダに乗って、砂漠の片隅でキャンプをした。

砂漠にいる間は毎日、砂丘へと歩いて上がっていった。サハラ砂漠は決して平らではなく、ゆるやかな砂丘が続いてゆく地形なのだ。砂丘に上がると、見えるのはどこまでも広く、どこまでも続く砂の世界だった。その広がりは海のようでもあり、宇宙のようでもある。

砂はオレンジ色と茶色の混じった微妙な色で、触るとやわらかく細かくそして冷たい。風が吹くと砂の動く音がする。砂丘には風紋ができていて、そこに小さな虫や生きものが歩いた足跡が残されている。そして翌日になるとそれらはすべてなくなり、新たな風紋に変わっている。

そうした砂の上に立って私は、これは地の始まりではなく、地の果てだと思った。なぜそう思ったのかはわからないが、私にとってサハラは始まりではなく、果てであった。

それから二十年以上経つが、そのときの実感は今も忘れていない。

夜中のアトラス越え

マラケシュを出たバスは夜半になってアトラス山脈を越えた。その時分には旅人たちを乗せた車内も静まりかえって、皆寝息を立てていた。

日中の疲れから私も同じようにして深く眠っていたはずなのだが、突如、悪夢にうなされている自分の声で目が覚めた。後ろの乗客が驚いて身じろぎしたのが伝わってきた。

カーテンのない窓から見た外はまっ暗闇だった。それはまっ黒な闇というより、赤みがかった濃い灰色の闇だった。まるで延々とコンクリートのトンネルを通り抜けているような暗さだった。月明かりもなかった。それでも私の目には、はるか遠くにうっすらと山の稜線が見えているような気がした。

ゴトゴトと悪路を走る振動だけは椅子の座面から絶え間なく伝わってくる。高度が上がっているせいか、耳の奥が無性に痛い。いったいここはどこなのだろうか。起きて窓の外を見ているのがこわくなって、私は目をつぶった。

翌朝、サハラ砂漠への入口であるエルフードの町に着いてバスを降り、待ちかまえた客引きの男たちを振り払いながら寄ったのは化石を売る店だった。

アトラス山脈は三億年前にゴンドワナ大陸がローラシア大陸にぶつかった際にできた山脈とされ、古生代の生物が今も化石となって多数発掘されるのだという。

床に直に敷かれた粗末な布の上に、さまざまな形の石のかけらが並んでいる。上下に割れた丸い灰色の石の中に、三葉虫の姿が残っている。この三葉虫はあの濃い灰色の暗闇の、アトラスの山中に何億年も眠っていたのだ。

イーネー

サハラ砂漠でのキャンプをともにしたのはベルベル人のアハマドであった。ベルベル人は北アフリカ一帯に住む先住民族である。

アハマドは白い長衣のジュラバを着て、黒と白のラクダを連れてやってきた。彼が口にするのは、ベルベル語の挨拶である「ワーハー」、夫に対しては「ミスター・ベルベル」、妻の私には「マダム・ベルベル」、そして「OK」だけであった。

小柄で気のいいアハマドはこの四語とジェスチャーですべてを表現する。私に黒のラクダに乗れと言うときは「マダーム」と鞍を叩く。夫がラクダにちょっかいを出そうとすると、「ミスター・ベルベール」と手を振って制す。

二頭をつなぎ、アハマドが手綱を持って、我々はラクダ上の人になって、砂漠へ歩き出すと、周囲はただどこまでも広く、どこまでも続く赤茶色の砂丘の世界となった。振り向くとアトラス山脈が遠く稜線を見せている。

私たちが感嘆の声を上げていると、アハマドが、英語のOKは日本語でなんというのかと身振り手振りで聞いてきた。夫がしばし考えて、いいねかなと答えると、アハマドはこれが気に入ったようで、それからはことあるごとに「イーネー」を連発して、私たちを笑わせた。たとえば砂丘に敷物を敷いて、ベルベル・ウイスキーと呼ぶ甘くて濃いお茶を皆で飲んでいるときや、そこのやかんから私にもう一杯お茶をついでくれと頼むときなどである。

彼が真剣な顔になったのはただ一度で、朝起きてテントを撤収するときにシートの下にサソリを発見したときである。それは半透明で一センチほどと小さく、敏捷だった。アハマドは見るなり鋭く叫び、砂に逃げ込むサソリを小石で即座に殺してしまった。

まだインターネットもSNSもない、フェイスブックの「いいね」もない時代であった。ネットでいいねの文字を見ると、アハマドの「イーネー」の声が聞こえてくる。

フェズの壺

初めて壺を買ったのは確かモロッコだったと思う。モロッコの、フェズという古い城塞都市にある旧市街には、知らずに入り込むと二度と出てこられないような複雑な迷路が張り巡らされていて、壺はその喧噪と人いきれの迷宮に点在するフェズ焼の店で購入したのであった。

フェズ焼は白土に青で絵付けされた素朴なやきもので、その土はもろく壊れやすく、使っているとすぐに欠けてしまうのだが、そんなことは彼らにはどうということもないらしく、壺の他にも伝統料理を作るタジン鍋や大皿やお碗など、さまざまな日常雑器が作られている。手描きの模様はすべてイスラミック模様で、その意味はわからなくとも模様としての美しさに惹かれて、私は迷路を歩きながらこれはという店を見つけると、棚にも床にも溢れんばかりに積み上げられているうつわの山へ分け入り、そのすべてを見た。そうしていくうちに、自分が欲しいうつわが、だんだんにわかってくる。

壺は最初の方で入った店で見つけて、買わずに通り過ぎ、やっぱり壺はあれだと思って、迷路を戻って買ったのである。丸っこい胴と蓋の形と、花びらだろうか、ぎこちない絵付けがかえって作った人の手を感じさせて、腕に抱えると嬉しかった。

他にもどうやって日本に持って帰るんだと自問するほど大量にうつわを買い込み、宿に帰って私は口も利けないほど疲れ切り、寝込んでしまった。水を買ってくるよと言って夫が出ていった後、古いホテルの縦長のガラス窓の外の、白く曇った空を黒い翼を広げたツバメが音もなくよぎるのを仰向けになったまま見ていたとき、言いようのないさみしさを感じた。それは部屋にひとり残されて心細いといった類ではなく、地上のどこかの町の片隅に、こうして存在していることへのおそれのような気持ちだった。

私は家の階段に置いてある壺を見るたびに、帰国の前夜、宿の床に座って壺やお皿や鉢を新聞紙で延々とくるみ続けた記憶とともに、あのときの光景を思い出す。

インドで石拾い

路上の石

最初にインドに行ったのは石を拾うのが目的だった。

当時編集していた雑誌の取材でファッションデザイナーのヨーガン・レール氏にお会いする機会があり、インドで拾った石を見せてもらったのだ。そもそもヨーガンさんにインタビューを申し込んだのも、ある日の新聞記事で、ヨーガンさんは石を拾うのが好きで、石を使ったアクセサリーを製作しておられると知ったからだった。

インタビューにうかがったのは東京都江東区の清澄庭園近くのオフィスで、グレイを基調とした無機質な室内の奥から歩み出てこられたヨーガンさんは、もの静かで、どちらかというと気だるげなようすでいらした。話される声も低く抑制されていて、伏し目がちにとつとつと日本語で語られる言葉は、簡素なだけにかえって本質を突いていて、ご自身の研ぎ澄まされた思考と人柄をそのままに表現しているように思われた。かといって相手に緊張を強いることはなく、穏やかで落ち着いていて、質問にはよく考えながら真摯に答えて下さる。非常に純粋で繊細な人に思われた。

ヨーガンさんは手にした小さな四角い籠から、インドで拾った石をいくつも取り出して見せて下さる。無造作に机の上に置かれた石はどれも不思議な存在感を放っていて、おのおの美しさを満々と宿していた。

けれどもヨーガンさんは、自然の美しさそのものである石を見つけることは喜びだが、集めようとは思わない、石を探すのは第一に材料としてであって、その過程でアクセサリーには使えないほど美しい石が、石そのものとして手もとに残っただけで、「ただ、あるだけ。箱の中に」と話される。それに、自分がきれいだと思っても、誰にとってもそうとは限らない、美しいものというのはそういうものだとおっしゃる。

当時まだ若かった私は、多くの人々にとって美しい衣服を作ろうとしているデザイナーがそのように話されることに内心とても驚いた。そして、「本当にきれいなものは、よく探さないと絶対出てこない」とおっしゃったのが心に残った。

インタビューがほぼ終わりかけて少し安心したような空気が流れたときに、私は、こんなに美しい石が拾えるのはインドのどこでしょうか、とヨーガンさんに尋ねた。こんな石が拾えるなら自分もぜひ拾ってみたい。もとより石や貝を拾うのが好きな私はそう思ったのだ。ヨーガンさんはやや困惑した表情を浮かべながらも、ある町の名を教えて下さった。

もうひとつ印象的だったのは、インタビュー後の出来事だった。記事はヨーガンさんが撮影された西表島の浜辺の石の写真とともに組んだのだが、確認の校正紙をお送りしたところ、文字原稿に関してはほぼ直しがなかったが、写真に関してはセレクトした四点のうちの一点を、なぜこの写真にしたのか、という質問がプレス経由で戻ってきた。

それは砂浜の一部をアップでとらえた写真で、もとは海中にあった岩や石やサンゴが砕け、削られ、転がり、少しずつ摩耗して小さくなり、砂となって波に乗って、ある日浜辺に打ち寄せられ、濡れたまま、太陽の光に照らされている写真だった。無論そこに写っているのは、石を拾うというテーマには小粒すぎ、また見ようによってはどこにでもある、ただの砂ともいえたが、人々が気づかずに通り過ぎてしまうような美しいものを静かに見つめているヨーガンさんの視線を感じて、それを選んだのだった。そのような意味のことをまごつきながらお返事申し上げると、承諾をいただいた。

そして私はインタビューの三日後、休暇を取ってインドに旅立った。

ヨーガンさんに教わった町はインド西部のグジャラート州にあるカンベイという町だった。デリーから夜行寝台に乗ってアーメダバードまで行き、車をチャーターしてカンベイに入る。しかし現地にたどり着いてみると、そこはインド中から集められた石を加工するための町で、実際に石を拾う場所ではなかった。

運転手と同行のガイドは、私がはるばる日本から石ころを拾うためにやってきた、ということをまったく理解できず、宝石店や宝石商にばかり案内しようとする。私は地団駄を踏み、違う、石を買いたいんじゃなくて拾いたいんだってば！　と何十回繰り返しても、この妙な日本人はいったいなにを言っているのだろうと呆れた顔をされるばかりで、そうか、こんな安物では日本人は不服なのだろうと、より高級品を扱う宝石商に連れていかれてしまう。

お互いの片言英語では意思疎通もままならないなか、なにも買おうとしない（買えもしないのだが）私を見て、次に連れていかれたのは宝石の研磨職人の家だった。

上下に一間ずつと炊事場しかない細長い小さな家で、階段を上がった風通しのよい二階が作業場だった。運転手の友人の息子だという職人は、足踏みで砥石を回しながら、精緻な研磨作業を裸眼で行なっている。

彼は突然の闖入者に嫌な顔ひとつせず、今している作業を見せ、削ったばかりのルビーを机に広げてくれる。いずれも砂粒のように小さなルビーで、高価な装飾品になるものではなく、これらのルビーはいったいどこに輸出されてどんなアクセサリーに使われていくのだろうかと思う。それでも小さなルビーの色はそれぞれに美しく、欲しいのはないかとつい目を皿にしてしまうが、はっと気がつくと、汗ばんだ私の腕にいくつもの宝石が張り付いていたりして、慌てて払い落としたりしているうちに、彼はお財布を取り出し、折り畳んだ白い紙に入った石を大事そうに見せてくれた。彼が研磨したのだろう、サファイアに似た青い石と、湖水にも似た緑の石は初めて見る宝石で、どちらも淡く澄み切った色をしていた。

その紙の折り畳み方が、日本のそれとはまったく異なっている。長い間彼のお財布に入っていたのか、毛羽だった紙にはしっかりと折り目がついている。大事なお守りなのだろうと思い、しばらく眺めていたが、これはいかがですかという意味だと遅まきながら気がつき、値段を聞くと驚くほど安い。私はふたつ一緒に譲ってもらい、彼がしていたのと同じように包みごと私のお財布に入れた。そしてこの畳み方を忘れないようにしようと思った。


宝石は手に入れたものの石は一向に拾えず、落胆した私は疲れて座り込んだ地面からひとつふたつ石を拾い上げてみるが、なんの喜びも感じられない。わざわざインドまで石を拾いに来たというのに、まともに拾うことすらできないのだ。

運転手とガイドは意気消沈した私を見てさすがに気の毒になったのか、ひそひそと相談した挙げ句、車に乗りなさいと言い、町はずれに向かって走り始めた。車は町を抜け、草原を走り、広々とした塩田跡に着いた。

このあたりはもとは海だったのだろう、ところどころに塩の山のあるかんかん照りの白い砂地をおじさんたちの後からとぼとぼ歩いていく足もとに、ごろごろ石ころが転がっている。拾い上げてみると、それは宝石だった。

どうやらここは石の加工所が使いものにならない石を捨てに来る場所らしく、職人がカーンカーンとハンマーで石を割り、ダメと判断したクズ石が捨てられているのだ。しかしそれらは商品にならないというだけで、インド中から集められた石であり、充分に美しく、私は大喜びでそれらの原石を拾った。瑪瑙《めのう》の特徴あるうねり模様や水晶の結晶を含んだ石の他にも、インドの大地を思わせる色と凹凸と疵をもった石が、太古のときを内包して、そこにただ、転がっている。

夢中で石を拾っていると、目前の塩の山に野良犬が歩いてきて、こちらをちらと見た後、静かに向こうを向いて座った。その感じがあたかも聖者の趣である。ふと、あの日のヨーガンさんが机に置いた石から赤い石を拾い上げ、光に透かしていたのを思い出し、私も同じように透かしてみる。透かしてみるといい石がある。犬はそのままうたたねしているようで、私は寝ている犬のそばで石を拾い続けた。

ひとしきり拾った後、まるでそこで待っていたかのように鎮座していた、石を並べて選ぶのにおあつらえ向きの平たい石の上で、拾った石を入念に吟味する。置いていく石はそのまま祭壇の上に残し、選んだ石を手に車に戻る前に、私は塩田跡の横の土道に出て、そこからどこへ行くかわからないけれども地平線までまっすぐに続いている道の行く手を見た。それからその道を少し歩きながら、足もとに落ちていた、なんの変哲もない、丸みを帯びた黄土色の石をひとつだけ拾った。そして再び目を上げて地平線を見たとき、突然、自分は自分の道を歩けばいいのだと思った。

そんなことはわかり切ったことなのだが、こうして道の途上で小さな石を拾うことひとつとっても、その行動は私自身の選択であって、拾った石は私にとっての石なのだ。石など世界中にいくらでも転がっていて、この一本道の上にもごまんとあって、それこそ拾い切れないし、もちろん拾い切る必要もないけれども、一生に拾える石に限りがある以上、自分が拾いたいと思う石を拾うしかない。ヨーガンさんの美しい石と同じように、私が拾いたい石は他の人にはなんの価値もないものかもしれないけれども、私にとっては価値があるのだから、それをこそ拾わないといけないのだ。

そうして石を拾いながら、私は私の道を歩くしかない。その途上で、好みとは異なる石をこれもいい石だからと、思い込んで拾おうとするのは違うだろうと思う。それはそれで納得できるかもしれないけど、もっと違う石もあったんじゃないかと後で思うのはつまらない。やっぱり私は、自分がこれだ、と思う石を拾わなければいけない。生きていれば選択の連続で迷うことばかりだが、私の人生は他ならぬ私のものでしかなく、誰かが私の代わりに私の人生を幸せにしてくれるわけではない。だから私は私の道を自分で歩き、私自身が私を幸せにしていかねばならないのだ。


帰ってきてから見ると、最後に道の上で拾った石は握り心地のいい、まさにインドの大地の色をした、小さなくぼみに水晶きらめく美しい石だった。

その石は、今も私の机の上にある。

路上の石

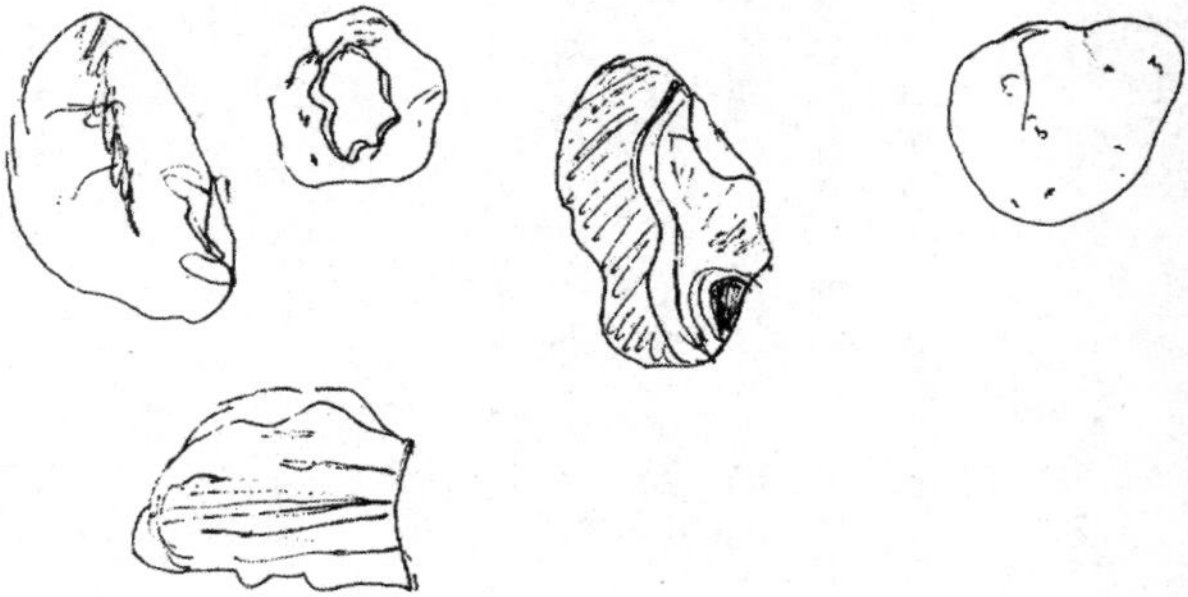

砂漠の石

インド西部のグジャラート州カンベイで石拾いをした後、向かったのはラジャスタン州ジャイサルメールにあるタール砂漠だった。アーメダバードから再び夜行列車に乗ってジョドプールまで行き、列車を乗り換え、もう一晩かけてジャイサルメールをめざす。

砂漠の城塞都市でもあったジャイサルメールは人々の活気に満ちた古都で、ここが砂漠のただなかのオアシスだとは思えなかったが、ジープを半日チャーターして出かけると、ほどなくあたりは太陽光だけが照りつける、荒涼とした大地となった。

ひどい砂埃を巻き上げながら、からからに乾燥した道なき道を走っていく途中、なんの目印もない地点で突然車が停まり、人が乗ってきた。彼が今日のガイドのラクダ使いのミティだという。真面目な目をしたムスリムの青年で、白く長い上衣を着て、革靴を履いている。彼を助手席に乗せ、ジープは再び走り始めた。

私たちは左右を見渡し、気になったところでジープを停めては降りて、写真を撮ったり石を拾ったりした。まず最初に拾ったのは半透明の白いハッカドロップのような丸い小石で、白をベースに、透明、黄みがかった白、赤と白、黄土色といろいろな色がある。

私たちの奇妙な行動を怪訝そうに見ていた彼らは、こんなところで時間を潰さずに、早く目的地である砂漠の民の集落（そこは外国人たちが訪れる半ば観光地になっていた）に行こうと促すが、私たちは頑として下を向いて石ばかり探している。そのうち、どうやらこの日本人ははるばるインドまで来て石ころが拾いたいらしい、それがハッピーなことらしいと理解した彼らは、よさそうなところでジープを停めては、自分たちも地面を眺めて石を拾い、これはどうだいと言ってくるようになった。

そうして砂漠を進んでいく間に、半透明のドロップ石が姿を消し、灰色や土色の砂岩や泥岩へと大きく変化したポイントがあった。このエリアの地面の下は地下水が流れていると彼らは言う。一見して風変わりな石を皆で拾い、品定めをしていると、ミティがこれはラクダ石だと差し出してきた。それは灰色をした平たい砂岩で、その形と表面のへこみが目を閉じたラクダの顔に見えなくもない。ひとしきり眺めてから返そうとすると、どうぞ、僕は本物のラクダをたくさん持ってるから、君が持っていていいよ、と言って笑った。

ぎらぎらと太陽光の照りつける砂漠には限られた植物しか生えていない。サボテンに似たトゲをつけたユーフォルビア科の植物、ピンクの小花の咲く灌木、細長い葉の茂み。ひとつだけ覚えたのはミティの花で、彼は大木に咲いていた紫色の花を手折り、茎から白い汁が流れ出てくるのを見せた後、地面の砂をまぶして汁が出ないようにしてから私に渡し、「Aku」と教えてくれた。

そうして彼らが予測していただろうよりもはるかに長い時間をかけて砂漠の集落まで行き、枯れ草と枯れ木とヤギのふんで作られた遊牧民の住居を見せてもらうが、彼らの手慣れたようすの説明よりも、住居の裏にある大石にドロップ石の鉱脈があるのを発見して興奮している私たちを連れて、運転手とミティはさっさと集落を離れ、砂丘へと案内して解放した後、焚き火をおこして夕食の準備を始めた。

なだらかな砂丘の続く砂漠には（彼らはデザートではなくデューンだと表現した）風紋ができていて美しい。誰ひとりいない砂漠に横たわって入り日を見る。砂漠の落日も地平線の上に浮かぶ赤いドロップのようである。裸足の足にさらさらときめ細やかな砂が冷たく、心地よい。足先を砂に埋めてじっとしていると、あたりはまったくの無音の空間で、小鳥が飛んでいく羽音まで聞こえる。スカラベに似た虫が一匹、赤い夕陽の当たる風紋の上をどこかへ向かって懸命に歩いていく。

夕食は彼らが持ってきた四段重ねのステンレスのお弁当箱に小分けにして入っていて、真鍮のトレイに盛りつけて渡してくれる。チャパティ、パッパル、豆入りライス、野菜カレー、ダルカレー。スプーンはミティのポケットから出てくる。食後にはホットジンジャーティをいれてくれる。すでに日は暮れて焚き火のあかりだけなので、渡されたカップにはなにかが浮いているようだが、よく見えないまま口に含んで噛むとしゃりしゃりして、ショウガの味がした。

ジンジャーティを飲み終わってしばらくすると、彼らは帰り支度を始めた。静かに燃える小さな焚き火のそばでもっと座っていたいような、なんならここに泊まりたいような気持ちにかられるが、テントの用意はないのだし、時刻はもう夜の八時で、街まで帰るのにはリミットである。頭上は満天の星で、天の川が白銀に流れているのがはっきりと見える。

砂を払って立ち上がると、彼らは焚き火を始末せずに立ち去ろうとする。心配ない、火は消さなくていいのだと言う。そうして火を置いたまま、私たちの先に立って歩いていく。私は彼らの後を追いながら、今まで座っていた砂漠の一角に焚き火を残していくことに、これまでに感じたことのないほどのさびしさを感じて、何度も何度も振り返っては、まだ残っている焚き火のあかりを見た。そのあかりは歩いていくうちにどんどん遠ざかり、小さくなっていって、ついに木の陰になって見えなくなってしまった。

暗闇の砂漠をジープまで戻っていく彼らの服の白さがはっきりとよく見える。なんの目印もないのに、なぜ道がわかるのだろう。彼らの衣服が白いのは暗闇を歩くせいかと思った。

昼にミティと合流した地点まで戻ってきたのは夜遅くだった。ジープを降りたミティに、別れ際いつもするように手を差し出すと、ミティは困った顔をして、私の指先にそっと触れた。そうだ、ムスリムの男性は女性に触れてはならないのだった。

再び走り出した車から、暗闇の砂漠をどこかに向かって歩いてゆく彼の後姿を見送る。けれどもその小さな白い人影は、すぐに広大無辺な砂漠の闇に閉ざされ、消えていってしまった。

ミティを降ろした後、運転手は車内のライトをつけ、大音量でカセットテープをかけ始めた。それはインド国民なら誰でも知っている、「アイ・ラブ・マイ・インディア」と繰り返し歌う歌謡曲で、サビの部分だけなら私たちも歌える。闇夜の砂漠を疾走する車の中で私たち三人は大声を上げ、歌いまくった。運転手は砂漠の闇がこわいのだろうか、それとも追いはぎでも出るのだろうか。

やがてジャイサルメールの街の方角に、ライトアップされた古城がぼんやりと見えてきた。ラクダに乗って往来した古代の旅人たちも、長い旅路の途上で、なにひとつ遮るもののない砂漠に、あの城壁が幻のように浮かんでいるのを目にしたことだろう。そして今の私とは比べものにならないほど、深く安堵したことだろう。ミティは無事に家に着いただろうか。砂漠に残してきた火はもう消えただろうか。

ミティのラクダ石は、今も我が家の二階に上がる階段に他の石と一緒に置いてある。私はインドの砂漠で、石とともに尊く美しいものを拾ったのであった。

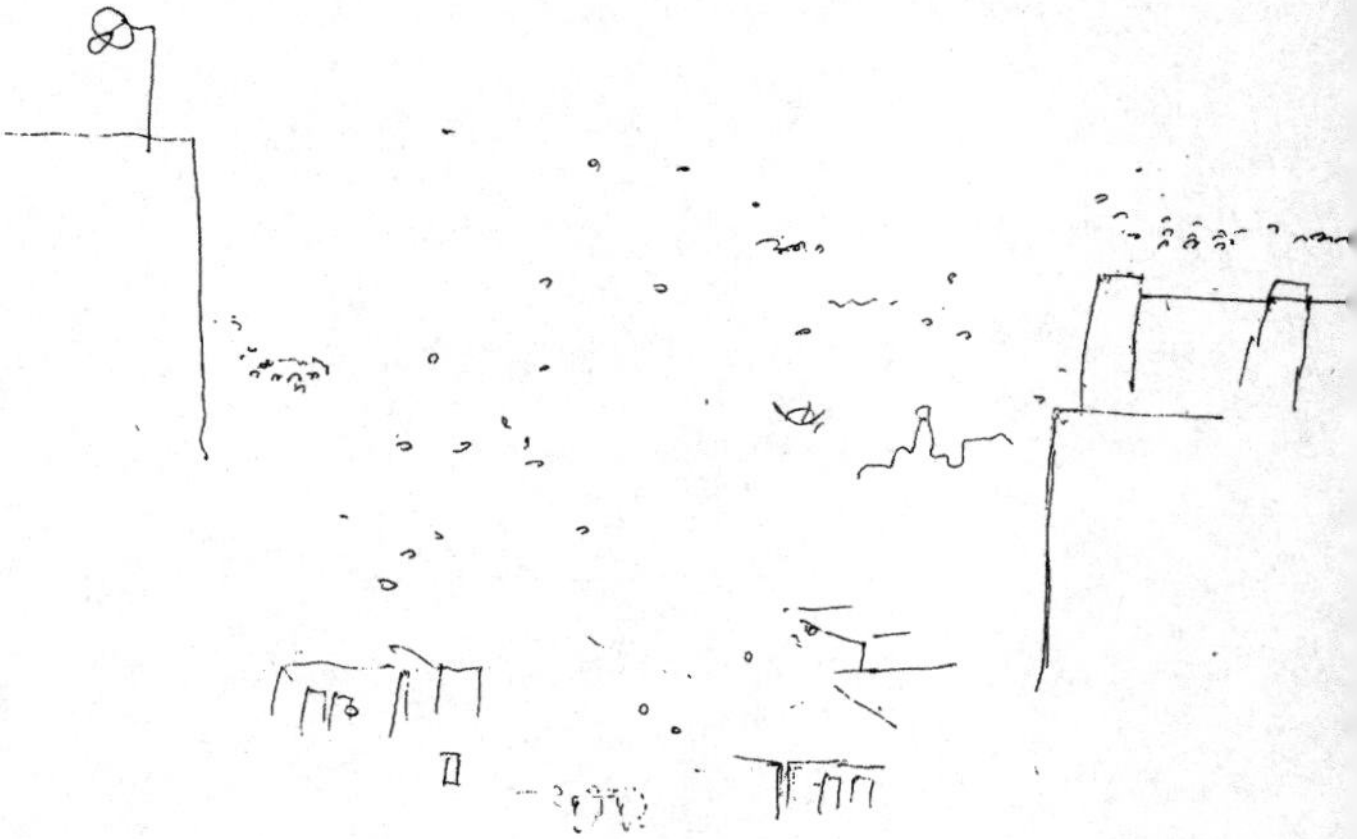

アタカマ砂漠の旅

砂漠にて

ナスカの地上絵

サンティアゴからコピアポに向けて飛び立った飛行機は、アタカマ砂漠の上空にさしかかった。なにか見えるだろうかと窓の外を見ると、下界には砂漠が広がっていた。まっ平らに思える地表が見え、ところどころに指でつまんだような襞が見える。川だろうか、地表面がめりめりと割れてできたような谷が見える。谷への落ち込みは深く、竜がのたうち回ったような形にみえる。砂漠の色は黒々として、すさまじい色をしている。かと思えば、白っ茶けた土の色も現れる。

そのどこまでもはてしない地表面を見ていると、ここなら地上絵があってもおかしくないと思う。ナスカの地上絵はペルーだが、チリのアタカマにあっても、ちっとも不思議ではない。実際にアタカマ砂漠にも地上絵があるという。

飛行機が大きく傾き、角度を変えると、いくつもの半島や岬で入り組んだ海岸線がくっきりと現れ、海はまばゆく白銀に光り輝きながら、茫々と広がっていた。風が強いのか、水の表面が波立っているのがわかる。

砂漠に人間の痕跡はほとんど見られない。唯一、まっすぐに走る道路以外には、人間の作ったものはなにもないように見えた。

なにもないように見えるところに、飛行機は次第に降下していく。

なにもないように見えるところに、突如滑走路があって、そこに飛行機は降り立つ。すると建物があって、人々がいて、車を借りる。高速道路を走って、町に着いて、ホテルがあって、私は部屋に入りベッドの端に座って窓の外を見る。そうやって人間の暮らしのなかに入り込んでいくと、今いるここが、あの上空から見ていた砂漠だとすぐにわからなくなってしまう。そうしてここが、どこにでもある他の町と変わりないように思ってしまう。しかし本当はここは砂漠の上なのだ。上空から見ると、なにもない、人間の痕跡のない、だだっ広い砂漠の一角に、人々が砂粒のように集まっているだけなのだ。

人は常に地上の一点で、それは砂漠に限ったことではない。

アタカマの八ヶ岳

砂漠というと、つい、どこまでもなだらかな砂丘の続く砂《すな》砂漠を想像してしまうが、砂漠には岩石砂漠もあれば、礫《れき》砂漠もある。砂漠の定義は、大まかにいえば「降水量が少なく植生が乏しい乾燥地帯」だから、平原もあれば山地もある。

アタカマ砂漠につけられた高速道路を車で走っていくと、周囲の景色は刻々と変わっていく。荒涼とした平原が続いていたかと思えば、そこだけ陸の孤島のように浮かぶ山塊があったり、山間の谷間をぬうこともあれば、まろやかな形をみせる砂丘が広がったりもする。その移り変わりは多様で、車中から車窓の風景を絵に描いていると、とても追いつかない。

私たちはそうした砂漠地帯のどこかに広がるお花畑を探して走っていたのだが、お花畑はあると遠くからでもよくわかる。大地や山肌が文字どおり花色に染まっているのだ。

ある場所でピンクの絨毯を見つけた私たちは、脇道へ見に入った。絨毯は広々と明るく広がっている。しばらくしゃがんで眺め、立ち上がって反対側を見ると、平地からすっくりと山並みが続いていた。それはちょっと、全体のシルエットが八ヶ岳連峰に似てみえた。がりがりとした岩肌の山頂からの尾根が、すうっすうっと砂漠に落ちて平らかになっていくところも、よく似ていた。

あの少し、とんがったような山頂が赤岳だな。とするとその横が阿弥陀で、手前のどてっとしたのが硫黄だろうか。そこから左手に移動して、低くなったあたりが北八ツでいちばん高い天狗の双耳峰。それから少しいったピークが縞枯《しまがれ》と茶臼だ。稜線沿いに北横、二子山ときて、さすがに蓼科はないよねえと思って左端を探すと、あつらえたように尖ったピークがあった。蓼科があるなら編笠はと右端を見ると、ぽこりと丸い頂がかしこまっていた。造山活動というのは、地球上でどこでも同じような動きをするのかと、およそ科学的でないことを考える。

アタカマに来るふた月ほど前、八ヶ岳の全容を少し離れた山の尾根から見たのだが、そのときに見た八ヶ岳の、山頂から裾野へのラインがすらりと長く美しく、山全体が緑の森のなかに静かに浮かんでいるようであった。八ヶ岳とはこんなに優美な裾野をもつ山であったかと、これまで何度も同じ光景を見たはずだが、改めてその美しさに感嘆して、飽かず眺めたのであった。

私はアタカマの名もなき山並みの裾野を見て、あの尾根に立っていたときの気持ちを思い出した。そして左隅の蓼科から、ピークをひとつひとつ描いていった。

アタカマ砂漠の旅　砂漠にて

人はパンのみに

パン屋さんを始めた友人から、旅先で撮影してほしいと託されたパンを砂漠で撮影することにした。せっかくだからと、お湯を沸かして、町のスーパーで買ったアーティチョークのカップスープを作り、パンを切ってお昼ごはんにする。

太陽がじりじりと照りつける砂漠のまんなかで、コンロに火をつけ、お湯を沸かす。風は強く、空気は乾燥しており、太陽光は暑く、できあがったスープも熱い。私は強烈な風と日除けにヤッケのフードをかぶり、中腰になって、大きなパンをあちらからこちらから撮影した。パンの撮影という約束がなければ、こうして砂漠でお湯を沸かしてパンを食べるという体験もなかっただろう。

ずっしりと持ち重りのする、丸い塊のままのカンパーニュを、ナイフで端から切る。切ってしばらく置いておくと、すぐに乾燥する。食べると火で炙ったみたいな味がする。照りつける太陽光線で少し焼けたらしい。

そうして座ってパンとスープを食べていると、早速ハエが寄ってくる。いったいどこからやってくるのか、どれだけ遠くからこのスープの匂いをかぎつけてやってくるのか。スープのカップにパンでふたをすると、いなくなる。ハエはパンではなく、スープが欲しいらしい。砂漠で乾燥しているから、水分を欲しているのだろう。

正午を過ぎると風が強くなって、地面に置いたカップに砂が入る。それを防ぐのにもパンはちょうどいい。砂山の上に広がる青空を見ながら、こういう大きなパンをひとつ持ってくると、安心なものだなと思う。旅先ではまともに食事ができない状況もままあるし、特に砂漠では店もなにもないので、水とパンは絶対に必要だ。そこまで考えて、急に「人はパンのみに生くるにあらず」という聖書の言葉を思い出す。なんとまあ砂漠で思い出すにふさわしい言葉だ。人はパンという糧のためだけに生きているのではない、しかしもしここでパンがなかったら、パン以外のことなんて考えられないのではないかと実感する。それでもパン以外のことを考えるというのは、相当のことだとパンをかじりながら思った。

トラック野郎

やばいやばいと言って、夫が車の外に飛び出していった。車の前のボンネットを開けて、なにか確かめている。これはバッテリーが上がってしまったのだなと、運転をしない私にも察しがついた。ライトがつけっぱなしだったのだろうか。私たちは先ほどまで車道の脇に車を停めて、白いケシをのんびりと撮影していたのである。それはまっ白な花びらの大ぶりの花で、のぞくと黄色いめしべが王冠のように丸く輝いている、優雅な花だった。しかしその花に費やした時間は、バッテリーが上がるほど長くはなかった。とはいえ、車はなにをしても、ぷすともいわない。

国立公園内ではあるが、砂漠のただなかであることには変わりなく、周辺にはガソリンスタンドはおろか、店も人影もない。たまに車が通るくらいである。目の前にあるのは砂漠と石と花だけ。私は急に二十年ほど前にインタビューした詩人大岡信氏の言葉を思い出した。大岡先生の場合はガス欠だったが、アメリカのユタ州の砂漠のまっただなかでエンコしてしまったそうで、「僕はあのときに自然界ってものがよく見えたね」とおっしゃっていたのだ。

私はもちろんそんなことは口に出さずに黙っていた。そのうち、少なくとも今日中には他の車が通るだろうし、こういうとき私はいつもなんとかなるだろうと楽観的である。なにせ地に足が着いているのだし、車内に食糧と水はある。

すると夫は道路のまんなかに出て、対向車線を走ってくる大型トラックに向かって大手を振った。よく大陸を横断している、大型エンジンのために顔の部分がせり出た巨大トラックである。車体の大きさに比例してか運転が荒々しく、猛スピードで地響きを立てて通り過ぎていくのが恐ろしく、助手席に座っていても大型トラックが横を通るたびにひやひやしていたが、あのような猛々しいトラックが、エンストしている乗用車のSOSに停まってくれるのだろうか。

はたして大型トラックは、夫の姿を認めたあたりから次第に減速して、私たちの車の前に停まってくれた。高い運転席から降りてきたのは、背が高く、白髪の縮れ毛の、眼鏡をかけた、社会科の先生のごとき知的な風貌の男性だった。てっきり菅原文太のような、頭にねじり鉢巻をした、気は優しいけれども見た目はいかつい大男が降りてくるものと思い込んでいた私は、驚いてまじまじとおじさんを見た。おじさんは「どうした」というふうなスペイン語を発しながら、作業用の革手袋をはめ、開いたボンネットの下に頭を突っ込んで調べてくれる。するともう一台、同じような大型トラックがおじさんの車の後ろに停まって、人が出てきた。こちらは口髭を生やした小柄なおじさんで、チェックのシャツにVネックのセーターを着て、さしずめ化学の先生である。さらにもうひとり降りてきたのは女の人で、社会の先生の奥さんのようであった。化学の先生はなにやら器具を持ってきて、機械に当てている。みんなしてボンネットの下に頭を突っ込んでいるので、私は邪魔にならないように脇の方からのぞいていたが、その器具がぴかぴか点滅したりして、おじさんたちはしきりに首をかしげている。どうやらバッテリーがなくなったのではないらしい。社会の先生はバッテリーを分けてくれるために、太いチューブを出してきて地面にどたりと置いていたが、どうしたものかと困惑している。とにかくもう一度エンジンをかけてみろと促され、夫が戻ってかけると、なんと幸いなことに、エンジンはかかった！

私たちは全員大喜びして、夫はグラシアス（ありがとう）を連発し、先生たちと握手をした。それから先生たちと奥さんは私にも歩み寄り、よかったねという表情で私の目を見て握手し、「チャオ」と言って、私の頬に頬をくっつけた。それはチリでは女性に対する日常的な挨拶なのだろうが、私にしてくれるとは思ってもみなかった。黙って見ている私を見ていたんだなと思った。

化学の先生は車が動くようになった後、そこに白いケシが咲いているのに気づいて、アイフォンで写真を撮っている。「君たちが先に行きなさい」というふうに社会の先生が示したので、私たちはもう一度お礼を言って走り出し、大型トラックの後ろ姿に向かって見えなくなるまで手を振った。

砂漠の虫

明け方に目が覚めて腕時計を見ると、四時だった。そのまま目を閉じてじっとしていると、テントの外で時折小さな音がする。なんだろうと思って耳を澄ます。一晩中ずっと聞こえていたのは波の音で、このキャンプ場は海のすぐそばなので、南太平洋の大波が浜辺の岩に当たる激しい音が聞こえていたのだが、朝方になって少し凪いだのか、音は弱くなっている。それでこの耳もとの小さな音が聞こえたのかもしれない。

キャンプをしていると、聞き慣れない虫の声がして、夜中に自分以外の生きものが起きていることに安心する。アタカマ砂漠の小さな隣人は誰だろうか？　じっと聞いていると、サカサカ、サカサカという音に混じって、なにか草を食いちぎるような、ブチッ、ブチッという音がする。草を食べているのだろうか。草を食べる動物といえば、まずグアナコが頭に浮かぶが、グアナコは体が大きいし、こんなに小さな音ではなく、もっと大きい音だろう。震動もあるだろう。音の大きさからしてネズミかウサギではないかと思う。昨日国立公園の看板で見た動物だ。他にはキツネくらいしかいないし、キツネはこんなところにのこのこやってきて草をはんだりしないだろうから除外である。あるいは音の大きさからして鳥かもしれない。キャンプ場に巣材を取りに来ているのかもしれない。鳥はよく、巣を作るのにいろいろな枝や草が必要だから。でも鳥がこんなに近くで巣材を取るのも考えにくい。ブチッブチッという音は、頭の方からも聞こえてくる。二匹いるらしい。ひっそりとこちらに気づかれないようにやっている感じである。それともトカゲかなあ。トカゲは昼間砂漠でも時々見た。喉の赤いトカゲで、こちらを気にしながら石の上でひなたぼっこしていたし（ただし逃げるのは目にとまらぬほど速い）、でもトカゲは草食べたっけ。

そうして相手を驚かさないように息を潜めて、ずっと音を聞いていた。ずっと静かにしていたけれど、夫にも聞かせたくなって起こす。揺らしても起きないので、名前を呼ぶ。急に起きて大きな声を出されると、小さな音の主が逃げていってしまうと思ったが、案の定バッと起きて、どうした？　と言ったので、誰かがなにかしてる音がすると小声で言うと、耳を澄ませて、ネズミか鳥じゃないかと言う。夫が大声を出したのに、しばらくすると、またブチッという音がしたので、ほっとする。それをしおに、外に出る。

出るともう星空はなくて、薄明るかった。夜中の十一時頃に起きたときは、満天の星空で、さそり座が見えると言う夫の声で、テントから首を出した。月明かりでテントの中も外もほの明るい。テントの背後の大岩もよく見える。南斜め上空にはさそり座の体のラインっぽく並んだ星があって、あれだなとひとめでわかる。あの形ならさそり座と太古の人も命名したかっただろうと思う。他にも明るくまたたく星座の名前を知りたかったが、残念なことに知識がないのでわからない。山に行っても、星空に感動している同行者を置いてさっさと寝てしまう方だが、星がこんなに見えていると、自然と知りたくなるものだ。アタカマ砂漠は海の近くで空気が澄んでおり、天候は安定していて人工の光もないので、天体観測のメッカとして世界中の天文学者の間では知られた地だそうだ。夫は南半球でしか見えない南十字星を探している。

それだけの星空が、四時になるともう見えなくなっていて、青白く薄明るかった。ただアタカマでは日が昇るのは遅い。七時でもまだ薄暗い。でも四時でもう薄明るいんだなと知る。少し寒い。海も空も濃いブルーグレイでまだ夜の表情だが、ヘッドランプはいらないくらいの暗さである。

テントに戻って、横の方を見てみるが、誰もいないようにみえる。それにテントの下には草なんか全然生えていない。おかしいなと思う。第一ここは砂漠の砂浜の上なのに、勝手に草地に寝ていることを想像していた自分がおかしい。でも人には見えないくらいの大きさの草が生えているのかもしれないしと思って中に入る。そして横になると、安心したかのように、またサカサカ、ブチッという音が聞こえた。そのとき急に、これは草ではなくて、テントのフライの張り綱を切っている音ではないのかと、はたと思いついた。鳥だかネズミだか虫だかわからないけど、なんで張り綱なんか切りたいんだろうか。持ち場に変な物体が突如現れたから、地道に戦っているのだろうか。それが本当なら一大事だが、それは困るなあと思いつつ眠ってしまった。

六時頃また目が覚めると、もう音はしなくなって、波の音が大きくなっていて、朝日でテントの中まで明るく暑くなっていて、鳥がピピ、チヨチヨビー、ピピ、チヨチヨビーと鳴いていた。起き上がって外へ出て、テントの回りを見ると、ロープの引きちぎられた跡はどこにもない。それらしきものは枯れ枝みたいなものだけである。おかしいなと思っていると、夫が、ネズミがお弁当持ってきて、ここで食べてたんじゃないのと言う。お弁当にこの枯れ枝ねえ。音は頭の方でもしたのでそちらも見るが、枯れ枝らしきもない。砂漠は静かな場所で音は響くから、耳もとではなく、もっと遠くで、知らない誰かがなにかをしていた音だったのかもしれない。

Mr. Been

砂漠のキャンプ場に滞在して数日目、管理事務所の前に車が停まり、扉が開いているのに気がついて、私たちは急いで走っていった。国立公園内にはコナフと呼ばれる森林管理局のオフィスが二ヶ所あるが、いつ行っても人の姿はなく、レンジャーに会うのは野生のグアナコに会うよりも確率が低いと話していたからだ。姿はないのだが、オフィスの前には、拾った動物の骨だの、きれいな石だのが置かれていて、ガラス窓からのぞくと、こぎれいなキッチンにカップとやかんが置いてあったりして、人の気配は感じられていた。オフィスに人がいないことをいいことに、小鳥たちが屋根や壁の隙間に巣をかけ、餌を探しに行ったり、アンテナに止まって見張りをしたりしている。レンジャーよりも鳥の方がオフィスをよく利用しているようであった。

髭もじゃのレンジャーはレオといい、写真を撮っていいかと聞くと、早速ポーズを決めてくれる。私たちから幕営料をきっちり徴収する間、回りを小鳥が忙しく飛び回っている。鳥が頭上でさえずると、レオはすかさず鳥の名を教えてくれる。そればかりか、砂漠で見られる鳥の鳴き声を、口笛で真似ては名前を教えてくれる。なかには、ドシラソファミレドと歌う鳥もいると嬉しそうに言って、何度も真似してくれる。聞いているだけではわからなくなるので、私は持っていたノートに鳥の名を書いてもらった。レオは筆圧が強く、ごしごしとノートに名前を書いていく。書きながら、羽根の色も教えてくれる。私は鳥に詳しい彼に、気になっていた鳥の名前を教えてもらおうと思いついた。

それは、前日にオフィスの背後の山並みにつけられたハイキングコースを歩いたときに鳴いていた鳥で、Beeeeen, Beeeeenと鳴くのである。楽器の弦をつまびいたような低い音で、初めは虫かと思ったが、飛ぶ姿は鳥で、その変わった鳴き声から、ぜひその名を知りたいと思っていたのである。ハイキングコースはオフィスから砂地を通って小さな岩山に登り、尾根伝いに半円状に歩いてまた砂地に下りてくる、二時間半ほどのショートコースだが、終始海を見はるかし、しかも砂漠の花々がとりどりに咲く道で、私たちは誰もいない山を半日かけて心ゆくまで楽しんだ。その道の途中で、海を眺めて立っていると、ビーンは背後の灌木で時々静かに鳴いていたのである。

私は自信たっぷりに鳴き声を披露したが、レオは首をかしげるばかりで、結局名前はわからずじまいだった。

グアナコ道

アタカマ砂漠に咲く花に、ガラ・デ・レオンという、螺旋状の葉をびっしりとつけた長い茎の先に、赤い小さな花を丸いぽんぽん状につける、奇妙な固有種がある。花自体はチューリップのような花の集合体で咲くと華やかなのだが、その花をつけた茎は天に向かって伸びるのではなく、地表に向かって伸びるのである。特にミネラル分の多い岩場を好み、ガレた岩の間を思い思いにによろにょろと這っているようすは、写真で見てもかなり奇異である。それでも美しく珍しい花ではあるし、現在では盗掘と絶滅をおそれて、自生地の情報は公にされていない。私たちはこの花の写真を撮るために、かき集めた微細な情報を読み解き、自生していると思われる谷にアタックした。

なにせ写真だけで本物を見たことがないのだから、そのへんに生えていても、目立つ赤い花がなければさすがにわからない。両側に迫る崖を眺めながら歩くが、見えるのはコピアポアと呼ばれる、これもこの地域の固有種のサボテンばかり。灰色のサボテンが荒涼とした地面に美しい半円を描き、不可思議な風景を見せるのだが、ずっとサボテンばかりだと飽きてくる。他にもソロという、ギョウザに似た形の植物もあって、これも最初に見つけたときはひどく感激したが、慣れるにつれ、そこにギョウザあるよ、とつれない態度になっているのが自分でもわかる。広い河原で足もとは小石で歩きにくく、おまけに砂漠のかんかん照りである。途中、人間の痕跡はコナフ（森林管理局）のケルンひとつだけで、ここに本当にあるのかと気持ちが挫けてきたが、その先で明らかに誰かがテントサイトとして使った石積みのある崖下に出た。

ここにちがいないと確信した私たちは勇んでガレ場を登り始めた。と、すぐにガラ・デ・レオンの株が見つかった。しかし花はまだつぼみで開いていない。これならまだ上にたくさんあるだろうと、どんどん上がっていく。ガレ場にはガラ・デ・レオンの他、コピアポアやパタ・デ・グアナコや、この数日で見慣れた植物が岩場の隙間に生えている。道なき道をぐんぐん高度を稼ぎながら、目だけは花を探す。

先ほどまで歩いていた谷が眼下に見下ろせるようになり、対面の山の頂はみるみる低くなっていった。しかしガラ・デ・レオンは途中、赤く色づいたものが一株あっただけで、残念ながらどこまで上がっても満開の株はなかった。あと一週間くらいで満開になるのだろう。けれども私たちには達成感があった。どこに咲いているのか、皆目見当のつかない花を探し求めて砂漠を旅し、ここまで到達したのである。他の人にとってはなんの価値もないが、私たちにはこれもひとつの探検であった。

私は岩場を一気に下る前に少し脇道にそれてみた。誰かがつけたような細い踏み跡があって、もしかしたらその先にガラ・デ・レオンが咲いているかもと思ったのである。踏み跡をたどると、白いサギソウに似た花の群落があり(後で図鑑を見ると貧者のランという別名であった)、その向こうの急な岩礫の山肌に、細い道が等間隔の段々状にきれいにつけられていた。それはナスカの地上絵のように、なにか意味のある模様にもみえた。あんな場所に、いったい誰が道をつけたのだろう。

しばらく考えて、グアナコだと気がついた。私はグアナコのつけた踏み跡を歩いてきたのであった。山肌にグアナコの姿は見えなかったが、このガレた谷のどこかでグアナコは群れになって生きているのだなと思った。私はサギソウの前に座って、グアナコの描いた地上絵を眺めた。やがて、探検隊長が隊員を探して呼ぶ声が聞こえた。

花園にて

風でヤッケがばさばさと揺れる音がする。今、砂漠にいるのだなと思う。今、チリのアタカマ砂漠にいて、目の前にはピンク色のお花畑がどこまでも広がっている。花の合間に寝転がると、地面の熱が背中に熱い。

アタカマ砂漠は世界一乾燥度が高く、降水量の少ない砂漠だが、数年に一度、エルニーニョ現象で海水温が上がると、その影響で大雨が降り、砂漠一面にお花畑が忽然と出現する。花の種類はさまざまで、色はピンクだったり、白だったり、黄色だったり、青だったりするが、実際にその圧倒的な光景を前にすると、驚き興奮し、挙げ句疲労困憊してしまう。そうしたことを繰り返しながら何日間もお花畑を求めて旅しているうちに、ようやく落ち着いて眺めることができるようになる。

私は寝転がりながら、なにかを考えるのはまずよく見てからなのだなと思った。それはお花畑に限ったことではなく、海外では言葉や食べものはもちろん、自然のありようは違うし、人々の感じや生活習慣も違う。その背後にひそむ歴史も違う。だからこそあるものすべてが新鮮で鮮烈で、しばらくはその環境に適応するのに精一杯で、なにかを考えるのにも時間がかかる。

今、回りでさわさわと音を立てているピンクの花は、パタ・デ・グアナコといって、グアナコの足という意味である。グアナコはアタカマ砂漠に生息するリヤマやアルパカに似た野生動物だが、ピンクの薄い花びらのハクサンフウロに似たかわいい花に、なんでまたラクダと同じ偶蹄目の哺乳類の足、などというかわいくない名前をつけたのか、花が気の毒なようだが、その名の由来を花を手に持って見ながらああもこうも考えてみる。この花は茎が細く長く、その先に鈴なりにつけた緑色のつぼみには黒い点々がついていて、つぼみが蹄のように割れると花びらがちょんと見える。そのようすを、グアナコの足とその先の蹄に見立てているのではないかと思う。

グアナコそのものは、時折砂漠の山あいを静かに群れで歩いている。望遠鏡でのぞくと、足は長くほっそりしている。首も長い。歩くさまはなかなか優雅である。用心深い彼らは人間の姿に気がつくと、群れを集め、ゆっくりと逃げていく。花の名がつけられた時代はもう少し、グアナコが人々に近しい存在だったのかもしれない。

そうやってよくよく花を観察していると、小さな虫がつぼみのひとつにしがみついているのに気がついた。つぼみの大きさは五ミリほどなのだが、虫はそこにしがみついて、どうやらつぼみをむしゃむしゃ食べているようである。つぼみが丸いので、時々足を滑べらせてはまたしがみつくのがおかしい。

私はノートを取り出して、パタ・デ・グアナコの花の絵を描き始めた。初めは花を一輪か二輪描くつもりだったのだが、茎のつながりや、つぼみの出方を描いていたら止まらなくなって、描くのをやめたくてもなかなかやめられない。描いていくうちに、こういう花の一輪一輪が集まって、このお花畑になっているのだなと思う。

パタ・デ・グアナコが何千何万何億と集まって、砂漠の平原を彩り、山肌を上り、このピンク色のお花畑をかたちづくっている。しかし、そのお花畑を構成しているのは、私が今描いている、一輪一輪のパタ・デ・グアナコでしかない。そしてその花には今、小さな虫がいて、つぼみをむしゃむしゃと食べている。目の前に見えていることはごく小さな、なんでもないことがらでしかない。しかし同じようにして、ひとつひとつの花にはただいま進行中の世界がある。人はそのひとつひとつをすべて見ることは到底できない。ただ目の前の世界をよく見ることしかできない。それすらできていないこともよくある。逆に目の前の世界だけに埋没してしまうこともよくある。ただ目を上げると、別の世界が無数に展開していて、はてしない広がりになっていることを、目にすることはできる。

パタ・デ・グアナコの花一輪一輪は光を浴びてきらきらと光り、きらきらと光りながら風に吹かれてゆらゆらと揺れて、花がみんなこちらを向いて手を振っているようにもみえる。花々が咲くのは九月から十一月のわずかふた月の間だけで、その後は枯れて、地面は白茶けた砂漠に戻り、花々の種は再び数年の間、地中に眠ることになる。

フレイリーナの壺

砂漠を発つ朝、コピアポの空港に着いて、荷物を預けた後、着いたときから目をつけていた売店に行く。そこでは同じ便に乗ると思われる人たちがコーヒーやスナック菓子を買っていたが、私は売店の裏手にあるガラスのショーケースの前に行った。そこにはグアナコの形に彫ったラピスラズリのお守りとか、不思議な模様のお皿とか、古びた帽子などが置いてある。空港を利用するのは皆地元の人なのか、そういう土産物に目をくれる人はひとりもいない。そのせいか、それらはどれも砂漠の太陽にかんかんに照らされ、埃をかぶっていた。

私が目をつけていたのは、砂漠の土でできた土器の壺や置物で、明らかにインカ文明の名残を感じさせる少し風変わりな鳥や動物や人の形をしている民芸品だった。私は欲しいものをいくつか決めて、レジにいたおばさんに頼んで、ガラスケースから出してもらった。おばさんはちょっとこわそうにみえて意外と親切で、遠くから、あれとあれ、と指さしている私の指先を見て、これかと持ってきてくれる。最初に出してもらったのは羽を丸く広げて首を後ろに回した鳥で、手に持つとほんのりと暖かかった。今日も朝から日に当たっていたのだろう。よく見ると、右目が少し欠けていて、ちょっと泣いているようにみえる。これのせいで買ってもらえないんだと言っているようでもある。左目はちゃんとしていて、正面から見ると、急にバジェナールの犬のクロの目を思い出す。不幸ではないけれども、さびしそうな目をしている。心のなかでうちに来るかいと聞いてみる。それともここで砂漠の太陽光線を浴びている方がいいだろうかと思う。それからもうひとつ気になっていた鳥を出してもらうが、こちらは思っていたよりごつくて、すぐに返す。さっきの小鳥はおばさんがまだそこに置いたままである。さらにもうひとつ、鳥の頭がついた壺も出してもらう。これがまた変わっていて、いい。夫はこれかなと言う。持った途端に手に吸いついてきたと言う。

割れやすい土器をふたつかと考えていると、隣でコーヒーを買っていた空港係員の女性が英語で話しかけてきた。髪を後ろで束ね、眼鏡をかけてきりっとした若い人だったが、私が手に持っている壺を指して、これはアタカマのフレイリーナという町ので、昔からある伝統的な工芸品だと教えてくれる。実は私たちは数日前、そのフレイリーナのすぐそばを通っていた。そのとき手もとの地図には町名の文字の横に産物を示す壺のマークがついていたのだが、それまでどの町に寄ってもそうした場所に行き着くことがなかったので、どうせこれも当てにならないよなどと言って、素通りしてきたのであった。彼女はこの壺は昔からある形だとか、この模様が特徴的だとか説明してくれる。それから少し恥ずかしそうに、そこが私の故郷なのだと言った。そして私の肩に手をちょっと置いて、去っていった。

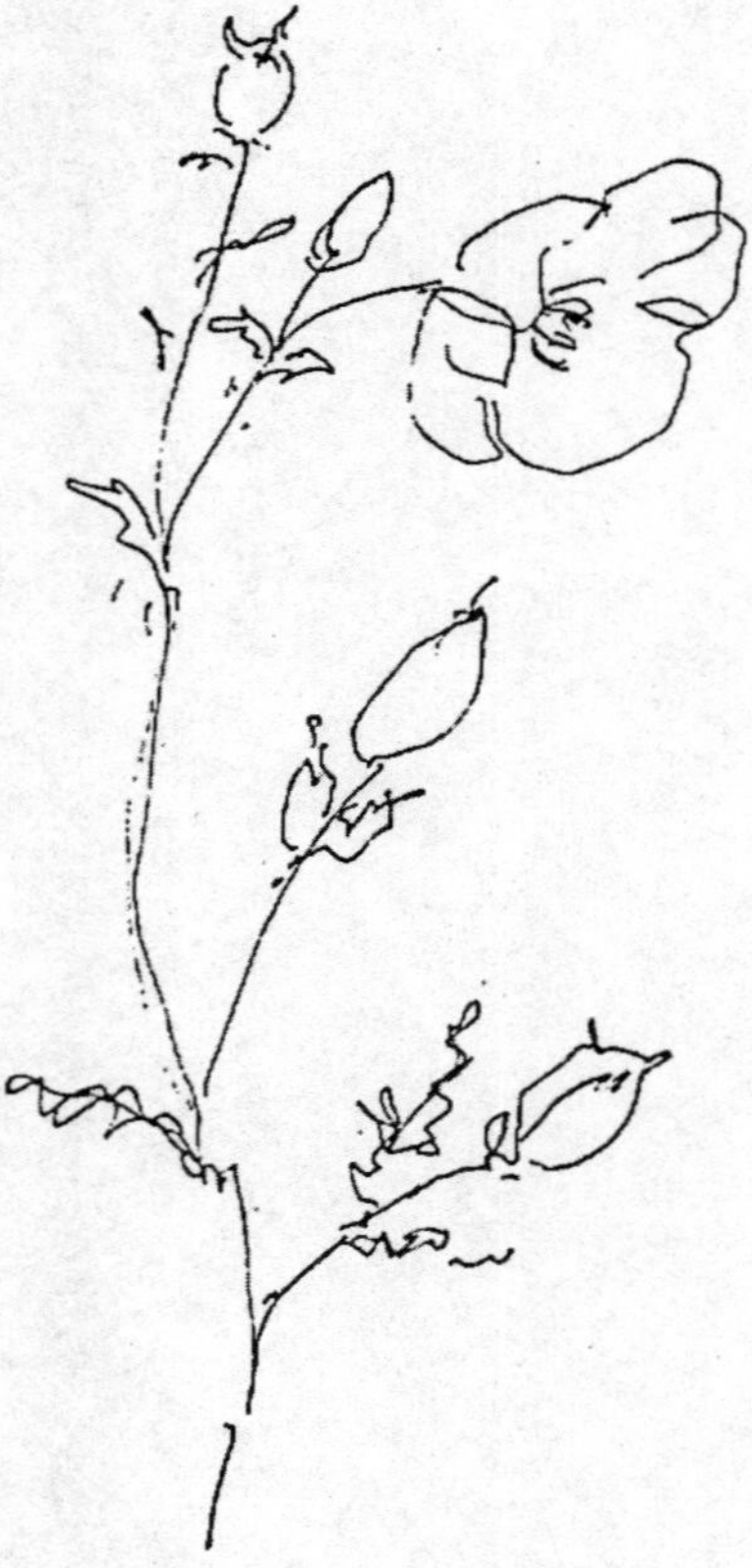

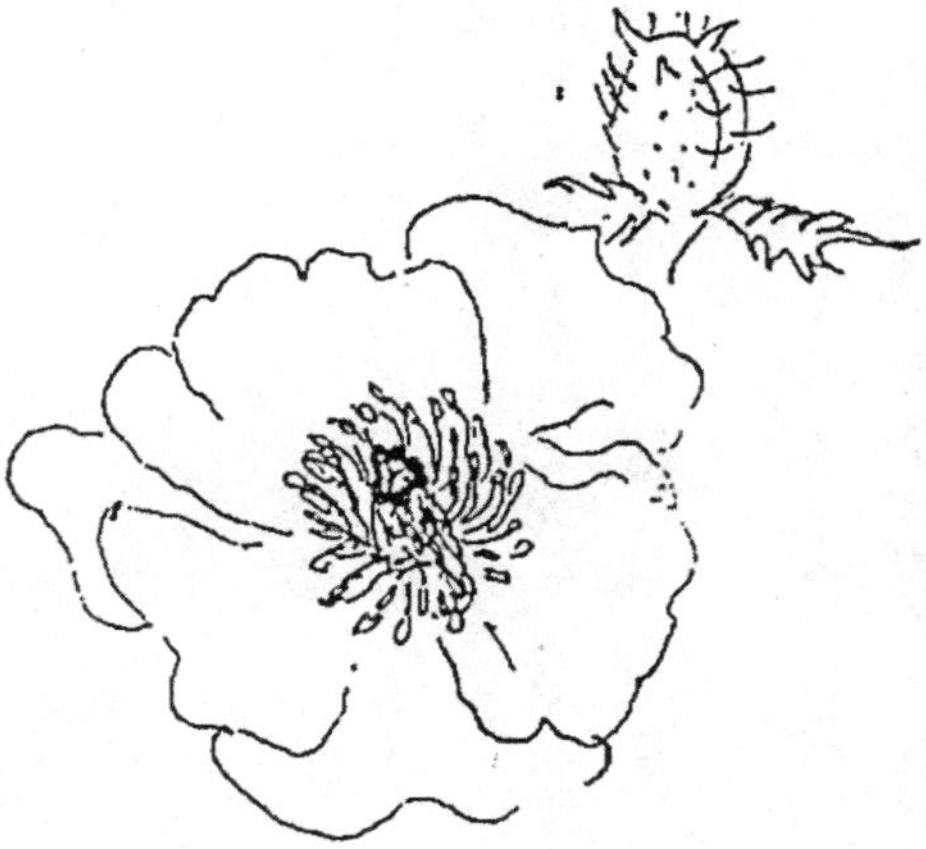

街にて

町の砂漠

コピアポはチリ北部のアタカマ州の州都で、高層ビルやマンションはないが、役所や郵便局や銀行や病院や学校や商店街などはひととおり揃っている小都市である。町の中心には教会の建つプラザと呼ばれる広場があって、大木の木陰のベンチには人々が憩い、犬や子どもたちが走り回っている。人々はゆったりと、穏やかに自分たちの仕事をして暮らしている。

コピアポに着いた翌日、ぶらぶらと町歩きを楽しんだ帰り、行きとは違う道でホテルまで帰ってみることにした。町の中心部をはずれると、すぐに住宅街に入る。家は平屋建てが多く、家の前の小さな庭をきれいに丹精している。木々はのびのびと枝を伸ばし、花々がいきいきと咲いているのを見て歩くのも楽しい。こんな家に住んだら、どんな気持ちだろうな、あのドアの中はどうなっているのかなと思いながら見て歩く。

するとある一角に、家が取り壊されて更地になっている場所があった。私はなにげなく、柵の向こうのその地面を見た。小石混じりの地面は白く乾燥してひび割れ、町の外の砂漠と同じ状態になっていた。否、砂漠に戻っていた。割れ目からは、草が伸びていた。私は見てはいけないものを見たような気がして、見るのをやめた。

そうだ、ここには今、人がいて、家があって、町ができているけれども、もとはなにもない砂漠の上なのだ。私は上空から見た光景を思い出した。もしこの家だけでなく、隣の家も、その隣の家も、町全体がなくなってしまったとしても、それはあっという間に、この町を出たところすぐにある、なにもない砂漠と同じ姿に戻ってしまうだろう。あたかもそこに町などなかったかのように。ただの砂漠に戻る。風がひゅーひゅーと吹きつけ、砂や塵を飛ばしていく。

それはなにもこのコピアポに、アタカマに限ったことではない。世界中がそうなのだ。今はあるけれども、いつかなくなるかもしれない。その下は単に地面なのだ。

岩盤事故切手

コピアポの郵便局に行くと、人が並んでいてちっとも動かないので、先にツーリストインフォメーションに行って、それからまた郵便局に戻って並び直した。長く待ってついに番になったので、エアメール用のスタンプを下さいと頼むが、案の定相手に英語は通じない。すると、隣の窓口にいたエメラルドグリーンの服を着た恰幅のいい女性が、あなたはコレクタニアかと言ったので、うんうんと頷くと、こっちへ来いと言われて、別の部屋に連れていかれた。そこはエメラルダの部屋らしく、どうやら彼女は局長のようである。局長は部屋の隅の金庫を開け、ぶ厚いファイルをばーんと机の上に出してきた。これは期待できそうと思った私の目の輝きを、同じくコレクタニアの彼女はきっと見逃さなかっただろう。

相手はスペイン語しか話さないので、だいたいで会話していく。最初に彼女がファイルから取り出したのは、数年前にチリで起きた鉱山落盤事故で、三十三人の労働者が地下に閉じこめられ、無事全員生還したときの記念切手であった。コピアポは事故のあった鉱山からいちばん近い町だが、今ではそのことを思い出させる形跡はなにもない。局長は「ホラ、チリの鉱山事故、知ってるでしょ?」というふうに話すので、知ってる知ってると言うと、嬉しそうに笑う。六枚綴りのシートには、生存者確認のために掘られたドリルの先につけられていたSOSのメモとか、ひとりひとりを乗せて地下から救出したカプセルとか、三十三人全員の名前リストなどが切手になっている。

そうして一枚ずつ説明しながら丁寧に見せてくれるが、局長にはひっきりなしに電話がかかってくるので、もう勝手に見てとファイルを渡してくれる。そこで彼女が大声で、ときに大笑いしながら電話している間、私は欲しい切手を選んでいった。岩盤事故切手ほど強烈なものはあまりなかったが、自然保護や建築、クリスマスの切手などもあった。

電話を終えた局長は私の選んだ切手をノートに手書きでつけていく。私はそれを見ながら、切手好きの局長に日本の切手をあげようと思いついた。局長の机にはなぜか千代紙の函が置いてあったし、私たちが日本人と知ると満足そうだったのだ。私はいつも国内の旅先で使う用にお財布に切手を二、三枚入れてある。見ると運よく高山植物の記念切手とウサギ柄の二円切手が入っていた。これは喜ぶぞと、会計の後に渡すと、彼女は驚いた顔をして手を胸に当て、「すごく、嬉しい」というような言葉を言って、満面の笑顔で手に持った切手と一緒に写真に収まった。そして真面目な顔をして私に向き直り、スペイン語で同じ言葉を二回言った。たぶん、あなたは〜だ、というようなニュアンスで、単語にSの音がついたが、こういうとき言葉が通じないのはとても残念だ。けれども彼女が私に、なにかいいことを言わんとしているのは、言い方や言葉の響きで充分に伝わってきた。

私は急に、以前マレーシアのスーパーで、探しものをしていた私に若い女性が近寄ってきて、一緒に探してくれて、別れ際に「God bless you」と言ったのを思い出した。彼女のスペイン語も、そういう意味だったのかもしれない。

チリのパンはおいしい。白くて平たい小型の食事パンである。形は丸か四角かコッペパン形が主流で、味は小麦粉にオリーブオイルと塩を混ぜたシンプルな味である。このパンがどの町でも作られている。レストランで食事を頼むと最初に出てくるのもこのパンだし、パン屋に行ってもスーパーに行っても、このパンを売っている。

パンの売り方はいっぷう変わっていて、どの店の売り場にも大きな木枠の箱が作りつけてあって、仕切りごとに違うパンが直にざらざらっと入っている。それをトングでつかんでビニール袋に入れ、はかりの前に座っている店員に渡し、量ってもらって勘定する。パンは一個売りではなく、グラム売りなのである。この食事パンはチリ人の食事には欠かせないものらしく、たとえば夕方にスーパーのパン売り場に行くと、仕事帰りと思われる女の人たちがパンの木枠に群がり、猛烈な勢いでパンをつかんで袋に入れていく。私たち旅行者が、これをひとつあれをひとつなどと慎重に選んで買うのとは訳が違うのである。その迫力に気圧されたおじさんなどは、静かに後ろで待っているほどである。それにしても、日持ちのしないパンを一度にあれだけ買い込み、消費するのだから、チリの一家は大家族なのだろう。そして人々は大量のパンが入ったビニール袋をわさわさと両手にぶら下げて家に帰っていく。

こうした町では、誰もが昔から同じパンを買ってみようとか食べようとかいう気持ちなどさらさらない。なんの疑いもなく、かたくなに同じパンを食べ続けている。日本、ことに東京にはあらゆる国のあらゆるパンがあって、どの店も違うパンを作り、誰もが違うパンを食べているが、チリでは皆同じものを食べているのだ。ときにはそのかたくなさがいいなと思う。もちろん同じパンとはいえ、店によって味は微妙に違っていて、何度かいろいろな店のパンを食べると、違いがわかってくる。私が食べていちばんおいしいと思ったのは、カルデラの町のスーパーのおじさんが作ったパンであった。

スーパーのパンといっても、パンは大抵どの店でもその場で作られており、おじさんはガラス張りの作業場で、生地をこねる機械や、生地を平らに伸《の》す機械や、大型オーブンに囲まれて働いていた。白いTシャツを着て白い前掛けを締めたおじさんには助手がひとりいて、紺の長い上着を着た若い男の子である。おじさんは初め、生地をこねる機械で作業していたが、やがてできた生地を作業台に持ってきて、成形作業を始めた。私が興味津々にのぞき込んでいるのを見て、不思議そうな顔をしたが、ガラスのこちら側から写真を撮っていいかと聞くと、助手と顔を見合わせて笑い、楽しそうにどんどん作業を進めてくれた。

とにかくおじさんの作業はその手早さといい、正確さといい、美しさといい、流れるような動作で、すばらしいのである。特に両側が渦巻になっている風変わりなパンを作るときのお手並みといったら、長く伸した生地の端を少しだけ巻いて指で波形をつけ、さらにそれを中心にくるくるっと巻いて等分に切り、切った生地のまんなかを麵棒で押さえると、あら不思議、両側に渦巻模様が現れるのである。そうして生地を折ったり畳んだり、模様をつけたりするだけのシンプルなパンの作り方は、明らかにヨーロッパからもたらされたものと思われたが、スペインを旅したときにこのようなパンがあったかどうか記憶にない。いやむしろこの古風なパンは、遠くヨーロッパを離れた南米のチリでその原形をとどめているのではないかとも思われた。基本どおりに作業を進めるおじさんの表情は真剣そのもので、無駄なく迷いのない動きはまさに職人技である。それでいて、生地を扱うおじさんの手はあくまでもやさしく、やわらかい。

かたわらで働く助手の男の子は真面目でちょっと剽軽で、カメラを気にしながらも一生懸命親方を手伝っている。主要な作業はおじさんだが、焼く前のパンに卵の黄身を塗ったり、焼き上がったパンをオーブンから出したりするのは彼の役目である。私たちにもスペイン語で一生懸命パンの名前を教えてくれようとするが、うまく伝わらないのでもどかしげである。

私はおじさんのパンを食べたかったが、ちょうど売り切れる時間らしく、木枠の中にはほとんどパンが残っていない。先ほどオーブンに入れたパンが焼き上がるまでには十分ほどかかると助手が教えてくれる。私たちはスーパーを一巡して、パンが焼けるのを待つことにした。その間もおじさんは違う形のパンをどんどん作っていく。はっと気がつくと、先ほどまで機械で生地を伸していたおじさんが、型抜きを使った新しい作業に入っていた。私は大急ぎでガラスの前に戻ったが、包丁の刃先や専用の器具を使ってパンの表面に模様をつける作業を見損なってしまった。悔しがる私を見て、おじさんはおかしそうにガラスの向こうから何度も「アーウト!」と叫んでいる。それはたぶんおじさんが知っている数少ない英語の単語のひとつだと思われた。私たちにスペイン語が通じないのを見てとって、おじさんは英語で叫んだのだ。

おじさんはひと仕事終えると、作業場のドアを少しだけ開けて手を出し、指先だけで握手をした。粉だらけの、パンのように白い手だった。そして私たちがスーパーを出ていくのをガラスの向こうから見ていて、手を振ってくれた。私たちはおじさんの作ったパンが入った黄色い袋を振った。

カルデラは海辺の町なので、浜へ行ってパンを食べた。おじさんのパンは特別素材がいいとか凝っているとか、そういう味はしない。ただ温かくて、素朴なパンであった。

卵のおばさん

バジェナールのホテルのレストランに朝食に行くと、厨房からお姉さんが出てきて、卵をどう調理するかを聞いてくれた。昨日の朝も同じようにして聞いてくれたのだが（昨日は小太りのおばさんだった）、そのときは卵というスペイン語がわからず、きょとんとしていると、おばさんは厨房にとって返し、卵を持ってきて、これだと見せてくれたのだった。

今日は卵のことを聞いているとわかっていたので、スクランブルエッグにしてもらう。卵の他は自分で好きなものを取って食べるように、テーブルがしつらえてある。本日の朝ごはんは、パン、牛乳、オレンジジュース、コーヒー、ハムとチーズ、プディングである。昨日はドーナツや、マンハーというチリ人の大好きなカラメルクリームのロールケーキがあったが、今日はない。

ごはんを済ませた後フロントに行くと、明日の泊まりはどうするか聞いてくれるが、スペイン語なので、なにを言っているのか今ひとつわからない。もう少しエスパニョールを勉強してくるべきだったと後悔する。

すると、私たちが四苦八苦しているのを見ていた昨日の卵のおばさんがやってきて、いいのいいの、私だって他の国の言葉はわからないから、あなたたちがスペイン語をわからないのは当たり前だ、というようなことを言って抱きしめてくれる。頬もさすってくれる。

post card

料金受取人払郵便

浅草局承認

8037

差出有効期間
2024年
6月30日まで

111-8790

051

東京都台東区蔵前2-14-14 2F 中央出版

アノニマ・スタジオ

途上の旅 係

✉本書に対するご感想、若菜晃子さんへのメッセージなどをお書きください。

このはがきのコメントをホームページ、広告などに使用しても　可　・　不可　（お名前は掲載しません）

途上の旅

231227

この度は、弊社の書籍をご購入いただき、誠にありがとうございます。今後の参考にさせていただきますので、下記の質問にお答えくださいますようお願いいたします。

Q/1. 本書の発売をどのようにお知りになりましたか？
□書店で見つけて　□Web・SNSで（サイト名　）
□友人、知人からの紹介　□その他（　）

Q/2. 本書をお買い上げいただいたのはいつですか？　年　月　日頃

Q/3. 本書をお買い求めになった店名とコーナーを教えてください。
店名　コーナー

Q/4. この本をお買い求めになった理由は？
□著者にひかれて　□タイトル・テーマにひかれて
□絵にひかれて　□装丁にひかれて
□その他（　）

Q/5. 価格はいかがですか？　□高い　□安い　□適当

Q/6. ジャンル問わず、好きな作家を教えてください。

Q/7. あなたの好きな旅の本を教えてください。

Q/8. あなたのお気に入りの旅先、憧れの国を教えてください。

Q/9. 記憶に残る旅のエピソードを教えてください。

お名前
ご住所　〒　ー　ご年齢　ご職業

e-mail

今後アノニマ・スタジオからの新刊、イベントなどのご案内をお送りしてもよろしいでしょうか？　□可　□不可

ありがとうございました

おばさんは一見してこの国の先住民の子孫とわかる顔立ちをしていて、仕事は厨房や掃除の係である。町で肉体労働に従事しているのは先住民の人たちが圧倒的に多い。そのおばさんが外国人の私たちを気にかけて、なにかと親切にしてくれるのだ。

彼らは宿帳を見て、私たちが明日も同じ部屋に泊まれるように調整してくれている。ところが私たちは今日からキャンプに出かけて、数日後にこのホテルに戻ってこようとしている。そのため戻りは後日になるということを懸命に伝えようとするが、なかなかできない。そこで夫は現地語と日本語とイラストが併記してある指さし会話の本を取り出し、「たぶん」という単語を指さすと、彼らはオウと言って、その本を見せろと言うので渡すと、ずっとページを繰って、「確認する」という単語を指す。ははあ、いつどうやって私たちが泊まる日を確認すればよいのかを聞いているのだなと理解し、電話しますと言って、ようやく落着する。

彼らはその後も感心して本を見ている。そしてまたなにか言葉を探しているなと思ったら、「気をつけて」という言葉を指して、これだこれだと言って笑顔で私たちを指さした。私たちは何度も抱き合い、それからそれぞれの仕事と部屋に戻った。

バジェナールの犬

ホテルで朝食を済ませた後、お昼に食べるパンを買いに出た。外に出ると、早朝の冷たい澄んだ空気が流れている。通りに人影はなく、前を黒い犬が歩いていた。チリでは犬が放し飼いになっていて、町なかを人間と同じようにして犬がふつうに歩いている。野良犬なのか、それとも誰かが飼っているのかはわからないが、どの犬も鎖につながれたりせず、自由に歩き回っている。それが当たり前で、人間の方も犬が歩いていてもどうということもない。かまうこともないがいじめることもない。ただ、犬がむやみにあさったりしないように、収集ゴミは高い位置に設置した籠に入れるようになっている。

その日の朝も、前を黒い犬が歩いていて、角の家のドアのところで座った。私たちはそこの角を曲がるのだったので、クロ、クロ、と声をかけた。するとクロはややめんどくさそうに首だけでこちらを振り向き、私たちを見た。ちょうどそのとき、道の向こう側から、ぶちと茶の二匹の犬が走ってきて、クロの鼻面に挨拶をした。クロはどうやらこのあたりの兄貴分らしい。クロはもう一度私たちを見てから、伸びをして立ち上がり、私たちの掌を嗅いだ後、仲間を連れ、先に立って歩き出した。

クロたちは私たちの行き先を知っているかのように、とっとことっとこ歩いていく。歩道には街路樹が植わっていて、朝の光が射し込んでいる。気持ちのよい朝である。犬たちは車通りの少ない裏道をあっちに渡り、こっちに渡りしながら、木の根もとを嗅いだり、じゃれ合ったり、落ちていたヨーグルトの容器に鼻を突っ込んだりしながら、私たちの前を歩いていく。クロはそうしながら、時々私たちを振り返って顔を見る。そのときの目がどこかさびしげで、私がいいよとか、いいこだねと声をかけると、そのまま、また歩いていく。

三本目の角を曲がって少し行くと、目当てのパン屋である。彼らはまるでわかっていたかのようにパン屋まで来て、当然のように入っていく。大抵のパン屋にドアはなく、道から直接そのまま入れるのである。そしてパンはむき出しのまま、木枠の箱に入っていて、上に埃除けの布がかかっている程度なので、犬の毛が散ってはとか、間違って木枠に足をかけたりしてはと思い、私は飼い主でもないのに慌てふためいて、だめだめと言ったが、彼らは平気な顔で店内のタイルの上をぱたぱた歩き回り、まるでパンを買いに来たみたいな振る舞いである。私は仕方なく、ケースの中のケーキを眺めたりして、手に鼻面を押しつけてきたりする彼らの相手をしないようにした。

彼らはそのうち飽きたのか、店の前に出てじゃれ合っている。そして私は無事にパンを買い、勘定を済ませて外に出ると、彼らの姿はそこにはなく、どこかに行ってしまっていた。帰り道も、どこからともなく追いかけてくるかなと思って振り返りながら帰ったが、来なかった。

教会の大道芸人

ホテルでもらった簡単な地図を持って、アルマス広場に出て大聖堂へ向かう。サンティアゴの教会はどこも広場の角にある。メキシコでは必ず広場の中央にあったが、チリでは角である。教会の前では大道芸人がひとり芝居をしていて、回りに大きな人の輪ができている。話しているのも囲んでいるのも全員男性である。

教会に入ると、堂内は薄暗く、広く高く大きい。脇には聖人の像が石をくり抜いたなかに立っていて、なんとはなしに全体の感じが、インドのアジャンター石窟寺院に入ったときの感覚と同じだった。ひんやりとしていて、荘厳で、宗教的なものに満たされている空間。何百年何千年経っても静謐で清浄で無垢な感じは失われないものだと思う。あの堅牢な石造りがそう感じさせるのかもしれない。冷たい石のもつ沈黙の感じ。ちょっと寒いくらいの。

木の長椅子には観光客も街の人も静かに座っている。私たちも祈っている人たちの邪魔にならないところへ行って座る。座ってそのとき心に浮かんだことをお祈りする。お祈りを終えてそのまま座っていると、後ろでいびきをかいて寝ているおじさんがいる。そういう人も教会に来て寝ているんだし、それはそれで安心しているのだからいいんじゃないかと思う。そういう気持ちになる。

それから立っていって、床のタイルを見たり、日本にキリスト教を最初に伝えたフランシスコ・ザビエルはここの教会の出身だというので、ザビエル像を探したりした後、別の部屋に行くために入口の前を通った。

そのときちょうど入ってきた、足の悪いおじさんの前を、少しよけるようにしてなんの気なしに通り過ぎたのだが、おじさんは額に手をやり足を軽く折って、ひざまずく挨拶を神様にしたところだった。私はあっと思い、悪いことをしたと思った。神様とおじさんの間をはからずも通ってしまい、申し訳ない気持ちで振り返って見ると、おじさんはゆっくり歩いて椅子に近寄って、座るところだった。どうかおじさんに幸いがありますようにと願う。しばらくそこに立って見ていると、おじさんと同じ仕草で挨拶する女の人もいる。ああいう所作は子どもの頃からしていないと身につかないものだろう。たぶん家の人、両親や祖父母がしているのを見ていて、自然と身につくのだろう。あるいは物心がついて、最初に教会に連れてこられたときに年長者に教わるのかもしれない。そういう習慣は、その奥に敬虔な宗教心がなければできないことだ。そうした人の無意識がにじみ出たものに、心を動かされる。

外に出て、さてどうしようかと思う。広場の一角に立っていたのは、白い花嫁衣装を着て全身を白く塗った大道芸人で、教会の入口に座っていた物乞いの人々とは違う気がするが、この人にも入れようと思って小さな缶に小銭を入れる。するとそれまでぴくりとも動かなかった像がいきなり動いて、大きな身振りで天を仰ぎ、さらに膝を折ってお辞儀をしたので仰天する。像は一緒に写真を撮ろうと手招きし、腰に手を回したので私も同じようにしたが、後で見ると手がまっ黒になっていた。あの雑踏にああして立っていたら、まっ白な服も薄汚れてしまうのだと思った。

サンティアゴの紀伊國屋

教会の後に行った大型書店は、チリにおける紀伊國屋書店といった風情であった。ちょっと澄ました高級感があって、店内ではピアノの生演奏をしている。中に入ると店員がさっと寄ってきて、なにかお探しですかと聞くが、こちらはスペイン語が話せず、相手は英語を話せないので、自分たちで探すことにした。

サンティアゴよりは小さいが、地方の中核都市ともいえる砂漠の町をいくつか歩いていて驚いたのは、本屋がないことだった。最初はLIBRARIAという看板を見つけ、あれが本屋にちがいないと見当をつけて近づくと、店内に本はなく、ノートや定規や鉛筆を売る文房具店であった。それもおおむね子ども向けである。学校の購買部のようなものだろうか。最近は日本でも町に必ず一軒はあった本屋が次々となくなっていくが、チリの地方の町に本屋がない理由は、なくなったのではなく、初めからないようであった。

私がひとりで郷土料理の本などを見ていると、どこからか視線を感じる。店員は緑色のポロシャツを着ているのだが、本を見ているとなにか目の隅に緑色が動く感じだ。勝手に本を見ている東洋人が気になるのだろう。しかし本くらいは好きに選びたいので、私は頑強に彼の視線を無視していた。するとしばらくして別の分野の専門書を探していた夫が近寄ってきて、あのおじさんに棚にはない本を奥から出してもらったと話す。あのおじさんとは私のことをチェックしていた緑のポロシャツおじさんである。私が目的の本を探しあぐねているのを知って、夫はおじさんに探してもらうといいと言った。

そのおじさんが、よく見ると昔勤めていた会社の上司だったKさんに面差しが似てい

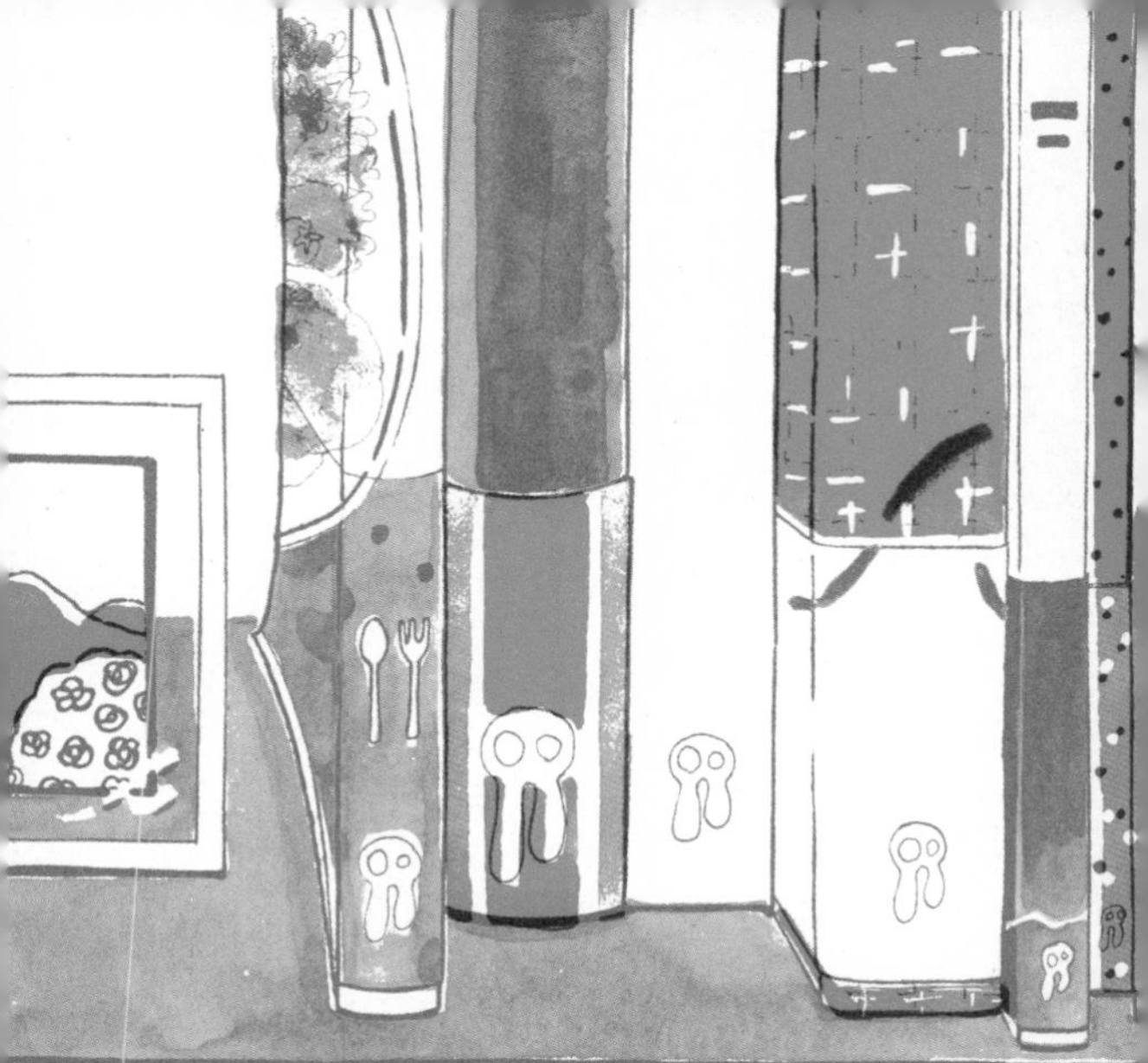

アノニマだより

アノニマ・スタジオ 20周年特別号 40

アノニマ・スタジオは、
風や光のささやきに耳をすまし、
暮らしの中の小さな発見を大切にひろい集め、
日々ささやかなよろこびを見つける人と一緒に
本を作ってゆくスタジオです。
遠くに住む友人から届いた手紙のように、
何度も手にとって読みかえしたくなる本、
その本があるだけで、
自分の部屋があたたかく輝いて見えるような本を。

これは、アノニマ・スタジオの本に
ひっそりと入っていることば。

本の種をかんがえている時、
本を作っている時、
本になってから読んでいる時。
何度も目にして読み、
あるときは唱えたり祈ったり、
いつもかたわらにあることばです。

アノニマ・スタジオは、
2003年にスタートし、今年で20周年を迎えます。
本にかかわるすべての方に感謝申し上げます。
このことばをまんなかにして、一冊ずつ、
これからも本を作って、お届けしていきます。

アノニマだよりは、読者のみなさまと
アノニマ・スタジオをつなぐお手紙です。
新しく作った本、おすすめの本、
作っている本のことなどをご紹介します。
アノニマ・スタジオの本が、
あなたの暮らしの中の大切な時間を見つける
お手伝いになれば、と思います。

20th

20周年
特集ページ

SNS もご覧ください。本のご案内、日々の活動、連載など情報満載です。
stagram www.instagram.com/anonimastudio TwitterID @anonimastudio
cebook ページ www.facebook.com/anonimastudio.japan

書店員さ

《お好きな本の理由

『主夫と生活』

著・マイク・マグレディ
訳・伊丹十三

「おまけレシピ」待望の書籍化！
141メニューの読む料理本

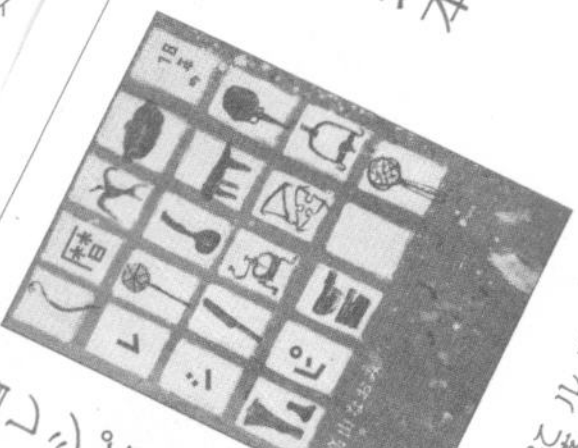

暦レシピ
高山なおみ
定価1760円（本体価格1600円）
ISBN978-4-87758-842-7

…てきた…
分の「おま…
メニューを月…
た料理本です。旬…
人のレシピ、旅先…
味など、住む場所や…
ともに、料理も変化し…
ます。少ない食材でシン…
ルな調理法、ポイントが腑
に落ちる1レシピ見開き完
結の構成。食べたいものが
自然とみつかる、味わい深
い一冊です。台所道具の絵
は高山なおみさんです。

デザイン・川原真由美
写真・上山知代子

編集室から

…とに楽しめるお菓子の料理本
…菓子』が好評の内田真美さん
…作中です。甘いもの好きな
…もの」と「喫茶」につい
…語り合う対談本です。
…覚以外の感覚を使っ
…ンを体験する「ダ
…メーク」。その暗
…番組を書籍化。
…による心と心
…す。●植物
…子どもを
…を制作
…連続
…と

イラストレーション／ハシグチハルカ
アートディレクション・デザイン／関宙明（ミスター・ユニバース）

アニマ・スタジオ…
〒111-0051 …
www.a…

マ・スタジオの本

二〇二三年 春

料理家、文筆家の高山なおみさんの人気日記エッセイ

世界が立ち止まっても、暮らしや時間は止まらない。「ごはんとくらし」を体現する日記エッセイシリーズ最新刊！

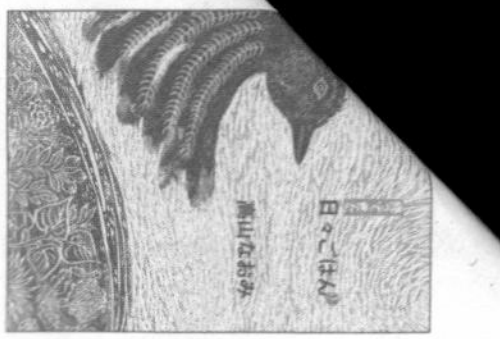

2020年1月〜6月を収録。"コロナ禍になり、"なにしようか？』(題目)や『本と体』、絵本の制作のことや日々。前巻(24巻)に90歳になる祖母との別れし、喪失感を抱えながらも料理し、に打ち込む日々を綴り、恒例のアルバイト」おまけ」

る。眉毛の太さ、くりくりした目の大きさ、小柄な感じもよく似ている。Kさんは鹿児島出身で南方系の顔をしていらしたが、チリのおじさんも海を渡ってきた同じ祖先ではないか。そして編集者と書店員と職業は違うけれども、本に対する知識量といい、仕事に対する真摯な態度といい、そのプロ意識には変わりがない。私は白旗を揚げ、チリのKさんになんでも探してもらうことにした。しまいにはあちらも心得たもので、「あの、Kさん」と声をかけると振り返ってくれるようになった。

さて私はどの書棚を見ても民俗学や民芸品やアート関係の本がないので、Kさんに探してもらうことにした。だが「民俗学」とはスペイン語でなんというのか？　難関である。身振り手振りを駆使してやっとのことで案内されたアートコーナーで、Kさんが出してくる本はモダンアートの本ばかり。私はもっと古い（「古い」はスペイン語でなんというのか？）時代のものが欲しいと訴えると、ようやくその意味を理解したKさんは、ひとこと「NO」と言った。チリでは百年以上前のアートや民俗学に関する一般向けの研究書解説書はないそうだ。つまりスペイン人が入植する前の、先住民の歴史書はチリでは出版されていないのだ。私はKさんの顔を穴があくほど見つめ、諦めた。Kさんがないと言うのだから、それはないのだ。

Kさんは私たちが選んだ本を一冊ずつ頷きながら確かめ、レジに抱えて持っていってグラシアスと言って去っていった。レジは別の人が担当する。会計が終わって店の奥を目で探すと、案の定Kさんがこちらを見ていた。大きく手を振ると、チリのKさんも大きく振り返してくれた。

ディオールおばさん

地下鉄を降りて向かったのは、南米でも最大規模を誇るという民芸村であった。日本でいうと都内の地下鉄の終点近く、たとえば三田線の高島平駅のような場所で、地上に出ると、同じサンティアゴの市内でも郊外のたたずまいである。歩いている人たちも大学に通う学生や住人だけで、この駅を使い慣れた人しかいない駅であった。

そうした人たちに交じって、雨上がりの匂いのする春浅い高島平を民芸村とおぼしき方角へ歩いていく。目印となる教会を曲がると、入口はすぐだった。案内板には敷地内に百七十近い店があると書かれていて、店に番号が振ってある。私は端から見ていくことにした。チリ原産のラピスラズリ、籠、うつわ、楽器、織物、ありとあらゆる民芸品の店が並んでいる。どの店も作家自らが店主となって、作業をしながら店番をしている。最初は威勢がよかったが、だんだん疲れてきて、途中端折りながら見て歩き、八十番くらいの店だったろうか、店先に毛糸で編んだカーディガンが下がっている店があった。そのカーディガンは青と白の模様編みの手の込んだすてきなカーディガンで、私はひとめでそれが気に入った。そっと店をのぞくと、黒い巻き毛の女の人が背もたれのある椅子に座り、目の前の小椅子に足を上げて心地よく収まり、両手に持った編み針を目にもとまらぬ速さで動かしながら、小声でなにか歌っていた。

彼女は私がのぞいているのに気がつき、はにかんだような笑いを浮かべて、ぱっと椅子から立って、編み物を脇に置いてしまった。どうぞ続けて下さいと言っても、決して座らない。私はやむなく目当てのカーディガンを試着してもいいか尋ね、これはあなたが編んだのですかと聞いた。彼女はそうですと言って、にこにこしている。その大胆でモダンな図柄といい、袖から脇にかけてのふっくらした形といい、彼女の頭のなかではできあがりが見えていて、その図柄どおりに手が編んでいった結果、この作品になったという感じであった。それはたとえば作曲家が、どこからか流れくる音楽を忠実に譜面に落としていくのと同じ作業のように思えた。それはその人にしか見えない聞こえない、その人だけの作品なのだ。

値段はと見ると、それがまたびっくりするくらい安い値づけである。こんなにクオリティが高い手編み作品、ディオールとかグッチとかに売り込んだら即採用されて、超高値で売られるだろうになどと思う。手仕事の価値を知っているハイブランドの人々なら彼女を高く評価するだろう。そういう才能のある人が、南米の片隅で、にこにこと私の前で笑っている。

しかし、幸せというのはそういうことではない。私は遠慮なくそのカーディガンを買った。とても嬉しかった。彼女も私が気に入って買うと知っていて、嬉しそうだった。彼女は私が帰った後、また椅子に足を上げてくつろぎ、目にもとまらぬ速さで編み物を続行するだろう。そして私が買って空いたハンガーにまた新しい作品を掛けるだろう。

裸族

その異様な姿を初めて見たのは、サンティアゴからコピアポへ飛ぶ行きの国内線の売店の絵はがき売り場でだった。一糸まとわぬ全裸をまっ黒に塗った上に、白い塗料で縞状にペインティングし、頭に三角のお面をすっぽりかぶった男が、雪の上をこちらに向かって歩いてくる写真である。ペイント模様は縞々だったり点々だったりとさまざまだが、いずれも全裸にお面である。彼らはチリの先住民族だろうが、これはなにかの儀式なのだろうか。ペインティングの示す意味は骸骨だろうか、それとも？　そしてこの写真を絵はがきに使っているチリ人の意図は？　私は今これをここで買うべきなのか？　私は悩んだ末、帰りにも買えるからと棚のいちばん前にそれを挿して出た。ただの絵はがきなのだが、彼らの姿には容易に触れてはいけない魂のようなものが写り込んでいて、おもしろ半分に買い求めて手もとに置いておく気にはなれなかったのだ。夫はしきりに

「あんな格好の人が森のなかから走ってきたらこわいよねえ。十六世紀のスペイン人もびっくりしちゃうかも」などと言っている。その後もチリにいる間、彼らはサンティアゴの民芸品店で人形になっていたり、フランス系の書店で写真集が売っていたりして、ちらちらと目の隅に入ってきていた。

彼らに再会するのは、帰国後に私のチリ行きを知った知人が、今、上映してますよと教えてくれた、パトリシオ・グスマン監督の映画でだった。彼らはセルクナム族という、現在はアルゼンチンと分割統治するチリ南端のフエゴ諸島からアンデス山麓までの広い範囲に住んでいた先住民で、セルクナムの名は彼らの言葉でLiving manの意味だという。彼らは裸にグアナコの毛皮のみをまとい、木を立てかけて作ったキャンプに住み、弓矢で狩猟しながら暮らす遊民だったが、ヨーロッパからの入植者たちによって悲惨な迫害を受け、十九世紀末にはヤマナ、カウェスカルなど他の民族とともにその大半が絶滅してしまった。絵はがきの写真は、二十世紀初頭にドイツ人の人類学者マルティン・グシンデによって、以前の風習を再現する形で撮影されたものであった。

映画はチリの海や水の、変わることのない美しい自然を描きながら、先住民の迫害のみならず、一九七四年から一九九〇年まで続いたピノチェトの軍事独裁政権による恐怖政治の過去も追っていく。チリは民主化してからわずか二十五年しか経っていないのだ。思いのほか静かで温和で、けれどもどこかもの悲しい旋律が空気中を流れているような、町や人々のようすはこの重苦しい時代の果てだったのかと思った。

ピノチェトの迫害を受け、フランスに亡命したグスマン監督は、映画の最後で「宇宙には大量の水が存在する新たな銀河核が発見された。さまよえる魂もその巨大な海に避難できたら、安らげるだろうか」と述べている。その夢みるような希望の言葉は、私にはむなしく聞こえた。無論希望はもち続け、言い続けなければならないが、現実にはほど遠いことが多すぎる。実際にこうして無辜《むこ》の人々は迫害され、命を奪われ、その歴史が延々と繰り返される。その現実の前に語られる希望には無力感が伴うのではないか。

私はフランスで出版された写真集を取り寄せて、見ていった。セルクナム族のペインティングは、行なう儀式によって衣装のように描き変えられる。Shoort Spiritsでは、頭にグアナコの皮で作ったマスクをかぶり、全身に太い白い線と点があしらわれる。その模様も、描き方によって東西南北の空を表現し、北は雨、南は雪、西は風、東は海の空を象徴している。彼らにとっての空は、雨と雪と風と海だったのだろう。モノクロ写真で黒に見えるのは赤土で、白は動物の骨の粉で描かれる。赤地に白で描かれた点は、映画では星であり、祖先の魂だと解説していたが、私には雪のようにも太陽のようにも水滴のようにもみえる。じっと見ていると人間の体に描かれたものだということを忘れて、刻々と移り変わっていく空を見ているような気持ちになる。彼らが住んでいたのは細長いチリの大地の最南部、パタゴニアだが、私が行ったアタカマ砂漠は北部で、距離にして約四〇〇〇キロも離れている。しかし青い海は今もなお同じように白い波を寄せているし、漆黒の夜空には降るような星が明滅している。その事実は、場所を変えても、時代が変わっても、まったく変わらない。

結局は自然しか、最終的に人間を支配できるものはない。そのことを無言で語っていたのは、空港で私を呼び止めた先住民であった。

置いてきた石

その石は、拾ったときから不思議な石だった。砂漠にはさまざまな種類の石があって、ひとつひとつに地殻変動の過去を思わせる深いしるしがある。その石は中央に赤みを帯びた層が二本はめ込まれていて、端にはガーネットに似た石が飛び出ていた。全体はうさぎのような形で赤い部分が耳のようにもみえる。なかなかいい石だなと思って私はその石を拾った。一度拾ってしまえば、たいがいの場合その石に対する興味は薄れるのだが、なぜかその石は、拾った後に、この石は置いてきた方がよかったかなと思った。そのたびに取り出してみるが、見るたびにいい石だなと思って手放せない。そんなふうに拾った石に対して執着することもまた不思議だった。

しかし、砂漠を旅している間じゅう、繰り返し、やっぱりこの石は返した方がいいのではないかという想念が湧き上がってくる。こんなふうに思うのはふつうではない。残念だけれども、この石は返そうと思った。とはいえ、同じ砂漠だからといってそのへんに置いていくのは憚られる。返すなら、もとあった場所に返そうと思った。そして私は砂漠を離れる日に、その石のあった場所に石を置きに行った。そこへ向かっている間、私は石を手に持っていたが、石がじわじわと熱を帯びているようにも感じられて、これは返すなということなのかと思って、最後まで逡巡した。もとの場所に戻ると、見覚えのある草かげは当然そのままで、私はうさぎ石をそこへ置いた。

置いてきた石はもうひとつあって、それは別のエリアを歩いていたときであった。そこは砂漠でも珍しいアナホリフクロウが生息し、コピアポアという固有種のサボテンが岩肌を埋める荒涼とした谷だったが、ひととおり歩いて帰ろうとした足もとに置いてあったのである。それはまさしく誰かが拾ってそこに置いたかのようなようすであった。楕円がかった黄土色に細かい石英を含んだ石で、手に取ると、すべすべして、アフリカのソープストーンのような手触りである。夫は見るなり、ポットストーンだねと言った。山からの石が川の流れのくぼみにはまって、くるくると長期間回ることで均等に削られてできた石だという。石はまるで、どうぞ、というように置かれていて、私はうさぎ石を返したばかりだったので、これはあれの代わりではないかとか、でもこれを最初に見つけた人が名残惜しく置いていったのではないかとか、いろいろ考えてしまう。それに、この石はなんだか気持ちよさそうに、ここで光を浴びているではないか。私はさんざん迷って、一度手に取った石をもとどおり置いてきた。

今でも、やっぱり拾えばよかったのではないかと思うことがある。思うたびに、あのふたつの石がどんな石だったかを鮮明に思い出すことができる。これまでにそんなふうに忘れられない石はなかった。けれども、やっぱり置いてきてよかったのだ。拾ってきてもそれはそれでよかったかもしれないが、いつも心にひっかかっているならば、置いてきた方がいい。あの石は、あの草かげで、あの石の上で、また数十年、数百年、あるいはそれ以上、ずっとあそこにあり続けるだろう。

それに、と私は思う。あの石があそこにあると思うことで、砂漠から帰ってきた今も、そこには私が見てきた世界が存在していると思える。

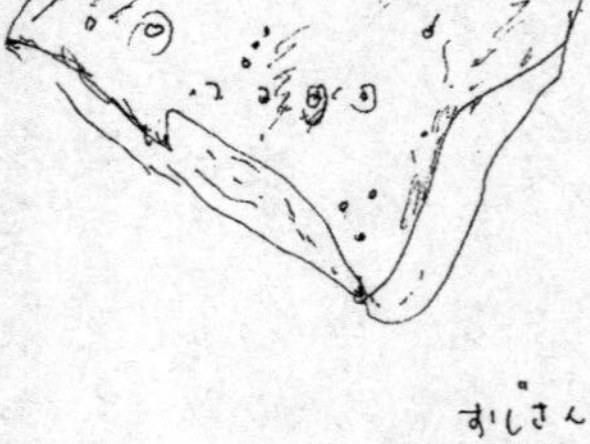

穴のあけ方がちょ〜
てきと〜でいい

おじさんのパン屋のパン
四角くて外がペリッとしていた

生きものたちの地上

ケニアでゾウを見た話

ナイロビを出たジープはもうもうたる砂埃を上げながら、なにもない平原をひたすら走っていく。巻き上がる砂埃は開けっ放しの窓から遠慮なく入ってきて、シートといい、荷物といい、人間といい、なにもかもをアフリカの赤みを帯びた砂まみれにしていく。道なき道はボコボコで、人間はシートの上に座っているというより、荷物とともに転げ、常にバウンドしている状態である。

そんな道のりが十時間ほど続いた後、突如前方に巨大なゲートが現れた。ここからがマサイマラ国立公園だという。今までの平原となんの変わりもなく思えるが、キャンプで一夜を過ごし、翌朝早くからサファリに出かけると状況は一変した。

ゆるやかな起伏をなす台地を車で走ると、動物の姿がはるか遠くに影のように見える。少しずつ近づくと、だんだん形をもって見えてくる。どの動物も、おそらくこれまでに一度は動物園やテレビや写真集で見たことがあるはずなのだが、いざ実物を目にすると、自分でも驚くほど興奮して、大騒ぎしてしまう。窓から身を乗り出し、少しでもよく見ようと目を凝らし、写真を撮りまくり、ノートにメモを書きつける。

ケリ、ハゲコウ、ハゲコウはヌーの頭食べる。インパラ、ガゼル、ゼブラ、ゼブラのおしりかわいい。イボイノシシ、サイ、サイはハンターに狙われることが多いので、林の陰を猛スピードで逃げていく。ダチョウ、五羽いて色が違う。トピ、グランドガゼル、インパラ、ガゼルの角はまっすぐで、インパラの角は波打っている。カンムリヅル、ホロホロチョウ、ライオン！ 九頭で昼寝をしている。カバの山！ 川に大群がいて、時々プハァと鳴く。キリン！ マサイキリンはアミメキリンより網目がジグザグ、しっぽが足にからまっている。まつげ長い……。

夢中になって書きつけたわりにはひどく幼稚なコメントしか並んでいない。そしてその興奮状態はゾウを見たときに最高潮を迎えた。

突然、車の後方から現れたゾウの群れに、「ゾウ！ ゾウ！ ゾウがいる！ ゾウがいる！ ゾウが！」と、ただもうゾウを指さし、ゾウの名を連呼して、ゾウを凝視し、ゾウの写真を撮り、やがて二十四頭のゾウが砂埃を上げながら地平の彼方へと去り、見えなくなってからようやくノートを取り出し、再び走り始めた車の中でバウンドしながら書いた言葉は、「ゾウ見た、うれしい、ゾウ好き、子ゾウかわいい」だった。

お昼は平原にぽつりと立つ木の下で食べる。もう何度も故障して停まったジープのボロエンジンを、ボンネットを開けて冷やす。見上げると空にはひつじ雲が浮かんでいる。アフリカの空の色は薄いブルーの色をしている。空がアフリカの空だ。遠い木陰でシマウマが数頭休んでいる。

アフリカに来る前までは、ゾウもキリンもライオンも、どれも見たことがあるし、今さら野生の動物を見たところで驚きもしないだろうと高を括っていた。ところがそんな自分が、あらゆる動物、なかでもゾウを見たときに、ゾウを見たというだけで感激することに驚いたし、感激している自分自身にいちばん驚いてしまった。私はこれまでゾウを見たつもり、わかったつもりになっていただけだったのだ。つまりたぶんそれは、これまでゾウを「見た」ことはあったけれど、「いる」ことはわかっていなかったということかもしれない。ゾウを「見た」ことよりも、ゾウがここに「いた」ことに驚いたのかもしれない。

今、自分はアフリカにいる。ゾウと同じアフリカにいる。ゾウのいるアフリカにいる。

私が日本に帰っても、もちろんゾウはアフリカにいる。

ゾウのチョビー

タイのカオソック国立公園内にあるエレファント・トレッキングの入口に着くと、ゾウが一頭、木陰でごはんを食べていた。あっ、ゾウがいるよと思ったら、ゾウは他にもたくさんいて、奥には櫓《やぐら》が組まれていて、その上に人がいて、そこからゾウの背中に乗るようになっていた。次々にゾウがやってきて、人々が乗っていく。最初に見たゾウに乗りたいな、と思っていたら、ちょうどやってきて、運よく乗れることになった。乗るときに、夫がいい子だねと言ってゾウをなでたら、ゾウと一緒にやってきた若いゾウ使いがちらっとこちらを見た。

実際にゾウに乗ると、これが意外と揺れる。ゾウが歩くたびに体を前後に揺すられる。

道が下りになるとゾウが前のめりになるので、人間はゾウの背中につけられた椅子から滑り落ちそうになる。ゾウの動きにようやく慣れてくると、今度は目の前で動くゾウの頭に目がいく。ゾウの頭はふたつに割れていて、固そうな剛毛が生えていることを発見する。神様でもあるゾウのおつむを足でなでるなど恐れ多い気もするが、裸足になって、おそるおそるなでてみると、足裏にやさしく、気持ちいい。なでていると、黙ってゾウの横を歩いていたゾウ使いが、このゾウはチョビーという名で四十歳のオスだと言う。大きくて乗りやすいから君たちはラッキーだとも言う。私たちは喜んで、チョビー、チョビーと呼びかけながら足の裏でなでると、チョビーは時折耳をばたつかせて、こちらの声を聞いているようにみえる。

道はゴム林を抜け、沢に入った。沢に入るとチョビーは喜び、バシャバシャと水をはね返しながら歩いていく。途中でゾウ使いはチョビーの首に乗り、ホッホとかアローといった声をかけながら歩いていく。

ゾウ使いはゾウを調教するために長い槍のような道具を持っているのだが、それをついと伸ばして、落ちていた大きな木の葉を拾った。ゾウの好物なのかと思って見ているビーと、ぱたぱたと自分の顔をあおいでいる。ああ団扇《うちわ》かと思っていると、今度はチョビーを止めてササの茎を折っている。団扇の持ち手にでもするのかと思っていると、なにか細工をして、帽子を作り上げた。そしてそれを自分の頭にかぶってみせた後、私にと差し出した。私はその日帽子を忘れてかぶっていなかったのだ。私はお礼を言い、それをかぶった。今日帽子を忘れて幸運だったと思った。

ジャングルの奥に櫓が見えてきて、ここでしばらく休憩するという。私たちは沢に下り、チョビーと同じように水に足をつける。日ざしが強く蒸し暑いジャングルのなかで、沢の水はほどよく冷たく、心地よい。チョビーは離れたところでゾウ使いに水をかけてもらっている。やがてピィーッと鋭く口笛が聞こえ、私たちはまた全員チョビーの背中に乗り込んだ。

チョビーはもと来た道を歩いていく。私たちは少しでも長くチョビーに乗っていたいので、チョビーがゆっくりと歩くと嬉しい。早足になると寂しい。早足になると、もっとゆっくりでいいよ、チョビーと声をかける。ゆっくりになると、ゾウ使いが声をかけて早足になる。

とうとう入口の櫓が見えてきた。降りるとき、チョビーを手でなでて、ありがとうと言う。櫓の下にはパイナップルを売っていて、乗ったゾウにあげられるという。一籠買って、チョビーの前に立つと、チョビーは鼻をすうっと手のように伸ばし、目でじっとこちらを見ている。鼻の先にパイナップルを置くと、すうっと口に持っていく。こんなパイナップルの切れ端なんて、ゾウにしてみれば味もしないんじゃないかと思うが、夫は大丈夫、ちゃんとわかるよと言った。

私たちが帰るとき、チョビーは最初の木陰に戻って、またごはんを食べていた。私は帽子を振って、ゾウ使いに改めてありがとうと言うと、そんなことなんでもないという顔をして手を上げ、それから小屋掛けに入って、暑そうにTシャツを脱いでいた。

翌日、帽子は枯れてかさかさになっていた。私はそれをジャングルに返すことにして、ノートに写生し、崖上にある高床式のロッジから、同じような木の葉の降り積もる地面へと落とした。帽子はふわりと舞って落ち葉の上に落ち、どれが帽子だったか、すぐにわからなくなってしまった。

ゾウの骨

タイのプールア国立公園は野生動物の生息地として保護されている地域で、公園内のトレッキングコースに入るにはゲートでのチェックが必要だった。管理棟で車を降りて入山料を払う。訪れたその日は、エリアを巡回しているレンジャーから、ゾウが出てきているから注意して歩くようにとアドバイスがあった。

送迎車と別れてジャングルを歩き出すと、さあっと音を立てて驟雨がやってきた。人っ子ひとりいない森の向こうからオウオウオウ……という声が聞こえてくる。鳥も多い。ギーイ、ギーイと鳴く声は近く、ピヨッピヨッ、ピヨピヨピヨピヨッという声は遠い。頭上を覆う木々に咲く樹上ランを探しながら林を抜けていくと、乾燥した草原地帯に出て赤茶けた土道となった。

そこに、ゾウのふんが落ちている。道の左右には、明らかにゾウのように大きな動物が通ったとおぼしきけもの道もある。道の脇には泥をぐちゃぐちゃに掘ったような穴もある。ここはきっとゾウの楽しい遊び場だなと思う。

道はやがて赤土から石灰岩質の白い平坦な道へと変わり、大石平と名づけた岩の転がる地点を過ぎてゆるやかに下ると、再び大木が多くなり、薄暗いジャングルに入った。

足もとはぬかるんで、ゾウの足跡が増える。人よりもゾウの多い道である。ゾウの足跡は四頭か五頭分あり、足跡につまずいて転びそうなくらいぼこぼこである。人間などは片足の足跡にすっぽり入ってしまう大きさである。道脇の木の幹が不自然にはがれ落ちているのは、おそらくゾウが背中などをゴシゴシこすりつけた跡だろう。ふんも数日前のすでに乾いたものではなく、新しいものが多くなる。道を大きくふさぐ倒木は、ゾウも迂回して歩いている。霧は薄く流れ、あたりはどこか神聖な雰囲気に満ち、けものの気配が濃くなる。

もうそろそろ引き返した方がよさそうだ、でもあと五分だけ進もうと思ったときに、前方の地面に白い大きなものが見えてきた。近づくと、骨であった。

大きさからいって、ゾウの骨であるようだった。それは一本だけ、草むらに溜まった落ち葉の上にごろんと横たわっていた。太く頑丈そうな骨はしっかりとした原形を留《とど》めていて、端の関節の部分は半円球のきれいな丸みをもっていた。その骨が際だった白さで、輝いているようにみえる。

しかしそれらのことは瞬間的に察知しただけで、直視してはいけないものを見ているような気持ちが勝って、私は仔細に見ることもせずに、その脇を急いで通り過ぎた。

道はさらに細くなり、ゆるいカーブを描いて深い霧の森へと入っていく。曲がっていった先で、今度こそ生きたゾウと鉢合わせするのではないかという恐怖が体の底から湧き上がってくる。これ以上入っていってはいけないと感じたときに、前を歩いていた夫が引き返してきた。

白く曇った上空に威圧するように枝葉を広げている大木の下を通り、来た道を戻る。戻る途中で白い骨には手を合わせ、そのまま通り過ぎる。

ジャングルからの帰り道、車の中でゾウのことを考えていて、ふと、なぜあの骨を絵に描かなかったのかと思った。あんなふうに野生のゾウの骨に出会うことなんて、珍しいことなのに、なぜ描かなかったんだろうと思うと心残りだった。それで夫に、なぜあの骨を描かなかったんだろう、千載一遇のチャンスだったのにと言うと、いや、あれはあのとき描けないでしょう、俺だって度肝抜かれたもの、あれは描けない、描けなくていい、描かない君でいてほしいと言った。

確かにあの場では、絵に描こうなどという気持ちはまったく起きなかった。驚きと畏れの気持ちが大きくて、描こうという気にならなかったのだから、描けなかったのだ。あの骨は、描くという対象を超越していた。写真と同じで絵も、なんでも描けばいいということではない。あのゾウの骨は、描かなくてよかったのだ。

けれどもあのとき私は、引き返してきた帰り道で、手を合わす前にそっとゾウの骨の端に触れてみたのだった。それは冷たくて、思ったよりも軽やかで中身が抜けている感覚で、重さよりも軽さを感じた。いうなればたましいが抜けているという感じだった。こわさよりもむしろ親しさを感じるものだった。あの骨との対話はそれで充分であった。

クジャクの羽

クジャクという鳥は動物園でしか見たことがないし、あのように豪華で持ち重りのしそうな飾り羽を下げた大きな鳥が野生状態で生きているというのがあまり信じられない感じがあった。

だがスリランカのウダワラウェ国立公園では、ふつうにクジャクが生息している。それも地面だけではなく、高い木の上にも止まっている。木の上に止まっていて、見ている間に上の枝に移ったりもする。長い飾り羽のおかげで動きはやや鈍重である。かと思うと、突然大きく羽ばたいて飛んでいく。羽をもつ鳥なのだから当たり前なのだが、クジャクが飛ぶとは想像すらしていなかったので驚愕する。

それで地面に残っているクジャクをじっと見ると、頭には冠毛が立っていて、それが裁縫で使うまち針をたくさん頭に刺しているような按配で、遠目には冠をかぶっているようにもみえる。胸はまっ青で、羽の付け根は青と茶色をしている。その青い色が光沢のあるコバルトブルーで、なぜあそこまで青いのかと思うほど青い。しかし必要性があるから青いのだろう。そしてオスの飾り羽はうんと長い。体の二倍近くある。特筆すべきは足で、人間並みにごつくて太く、生々しい。そうして観察していると、クジャクも木陰からじっとこちらを見ている。鋭い鳥の目つきである。目玉が赤い。

公園内を車で移動していくと、今度はオスのクジャクがディスプレイしているところに行き合った。彼はメスを前にしてちょうど飾り羽を最大限に広げたところで、ことのなりゆきを後ろから見学する。

見るとあの絢爛豪華な飾り羽の後ろには、中世の貴婦人が持つような扇子状の白い羽が広がって、飾り羽をしっかりと支えている。その白い第二の羽も大変美しい。しかしあくまでもメインは飾り羽、陰で主役を支える裏方は必ず存在するのだ。

さらに第一、第二の羽の下の腰周辺には黒と茶色のひらひらした第三の羽があって、これも開いたり閉じたりする。

そのクジャクの羽の動きを観察しながら、宝塚歌劇団の名物、フィナーレの大階段で出演者が背負って出てくる羽根飾りを思い出す。宝塚ではスターになるほど羽根飾りはボリュームアップし、最後に颯爽と登場するトップスターのそれは、ゆっさゆっさと弓なりにたわみ、しかしスターはそのたわみや重みなど一向に気にかけるそぶりもなく、満面の笑みを浮かべ、まっすぐに正面を見て、朗々と歌いながら階段を下りてきて観衆を熱狂させる。無論宝塚がクジャクを模しているのだが、今ここで見るクジャクの羽の動きはまさしくあの感じである。

クジャクの彼はメスに向かって全開した大きな飾り羽を揺らして懸命にアピールする。羽が揺れる音はばっさばっさではなく、カタカタカタ、カタカタカタ、もしくはカラカラカラ、カラカラカラという音である。細い骨同士を打ちつけたような乾いた音で、羽は彼の体の一部なのだ。

相手のメスはいつのまにか二羽になって、オスはその二羽に向かってあっちを向いたりこっちを向いたり（どちらでもいいらしい）、必死にアピールするが、一羽は白けたようすで無視し、後から来た一羽は、一応見に来ましたという顔で彼のダンスを眺めている。カタカタカタ、カタカタカタ、茶と黒の羽の生えたお尻も振って、涙ぐましい努力をしているのだが、その必死さがどこか滑稽でもある。

なにがだめだったのか、しばらくするとメスはすいっと二羽一緒に飛んでいってしまった。オスはあっけにとられたようすであったが、すぐにぱたぱたぱたと飾り羽を収納し、あっという間にもとの姿になって、なに食わぬ顔をしてすたすたと歩いていった。

ツバメの空

島を出た船が港に着いたとき、艀《はしけ》から「ババ、ババ」とこちらに向かって手を振りながら叫んでいる男の声が聞こえた。婆と呼ばれる覚えはないので、船頭か誰かに現地語で呼びかけているのだろうと思って知らぬふりをしていたのだが、どうも目線は私に注がれているようだった。いったいなにを言っているのだろうとよくよく聞くと、ババは婆（baba）ではなく、バブル（babble）だった。バブルとは先ほどまでいた島の宿の名前である。島の宿からこれこれこういう人が船で港に着くから、声をかけて乗合バスに乗せてやってくれという連絡がすでに来ていると思われた。私は人相のあまりよろしくない迷彩服を着た男に荷物を渡し、艀に下りた。男は握手をして自分はサバという名だと言い、にこにこした。笑うと少し人のよい顔になる。

港には細い通路があり、両側に帽子やTシャツを売る土産物屋や、値段ばかり高い飲食店が数店軒を並べており、これから島に行く人と帰る人でごったがえしている。サバは私の荷物を背負ってその一軒に入り、店の奥に荷物を置くと、バスが来るまであと三十分ほどあるので、しばらくこのあたりで食事でもしながら待っていてくれと言った。ああそういうことか。待ち時間を設けて、周辺の店にお金を落としてもらおうという魂胆は海外ではよくあるパターンだ。私は頷き、することもないので、ひととおり店に入ってそこにあるものを眺め、そのなかの一軒で売れ残りとおぼしき古いバティックを二枚買い、また出てきて自分の荷物のところへ戻った。とりあえず荷物は安全そうである。座れる椅子はレストランにしかなく、お腹も減っていないのでしばらく立っていたが、面倒になってそれほど汚くもないだろうと思われる足もとの石段に座った。紙くずくらいは落ちているがその程度は当たり前の光景で、マレーシアではなんともない。

なにを見るでもなくぼんやりしていると、「ピューイ、ピューイ」という声が聞こえてきた。目線を上げると、斜め上空のビルの屋上付近に小さな鳥がたくさん舞っている。ひらりひらりと急旋回する飛び方はツバメと思われた。日本にいるツバメは秋になると東南アジアに南下して冬を越し、春になると再び日本に戻ってくることは知っていたが、日本は今まだ夏の暑さの残る時期なのに、彼らはもうマレーシアまで南下しているのだろうか。

どうやらそこで飛んでいるツバメは日本のツバメではなく、アマツバメらしい。岩穴や洞窟に巣を作る種類で、海の近くに生息しているから海ツバメである。海辺の家の壁穴などに住まうこともある。「ピューイ、ピューイ」それが証拠に、目の前のアマツバメたちは港のそばの建設中のビルの上階に大きくあいた穴から盛んに出入りしている。中に巣があるのだろう。時期的にまだ雛は孵《かえ》していなくて、巣作りの段階と思われる。くちばしに巣材をくわえているかどうか遠すぎて見えないのが残念だ。「ピューイ、ピューイ」彼らはしきりに鳴き声を上げて飛び回っている。

これと同じような光景をモロッコのフェズでも見たことを思い出す。港町の城壁の隙間に巣を作っていて、たくさんのアマツバメが空を舞っていた。夕方になると群れは大きく数を増し、マレーシアのツバメと同じように「ピューイ、ピューイ」と鳴きながら飛び交っていた。そのさまはまるで黒い薄い幕が揺れ動くかのようだった。薄暗くなりかけた時間の黒い小さな影の大群は見慣れず、初めはコウモリかと思った。あの日は夕方、市場への行きすがら、立ち止まって見ていたのだった。

市場は迷路と呼ばれるにふさわしく、人がやっとすれ違えるほどの幅の狭い小路が縦横に張り巡らされ、両側には間口が一間しかない店がびっしりと建ち並んでいる。細い路地からは建物に遮られて空は見えない。次々に展開する店に気を取られ、よほど心していないと、すぐに来た道を見失いさまよい飲み込まれてしまう。あまたの形違いの鍋釜をぶら下げた金物屋、脆い土でできた青いフェズ焼の山、色とりどりの香辛料の麻袋、干して黒ずんだ果物、香水、穀類、スカーフ、コーラン、人々の足音、しなびた野菜を背負ったさびしそうな目のロバ……。その混沌の入口に、アマツバメの飛び交う城壁は建っているのであった。

アマツバメではないが、ギリシャでもツバメを見た。そのときは小さな町の民宿のレストランのテラスに座って、注文した食事が出てくるのを待っていたのだった。ちょうど目を上げた先の建物の角に、小鳥が二羽いる。なんだろうと思って、その目にもとまらぬすばやい動きに、あ、ツバメだと思った。どうやら二羽の若いツバメは巣をかける場所を探しているらしい。オスのツバメが、ここはどう、ここなら安全じゃないかなどと一生懸命アピールし、メスのツバメは、そうかしら、と何度となく軒先を出たり入ったりしながら確かめているようである。

やがてテーブルに食事が出てきて、食べて、食べ終わって外に出てからも、私がずっとツバメを観察しているのを見ていたのか、店の奥から出てきたおばあさんが、あなたがたは日本から来たのか、このツバメも遠く日本から渡ってきているのだというようなことを、ギリシャ語で身振り手振りを交えて話してくれる。ギリシャのツバメが日本から渡ってくるのは無理だけれども、この民宿のツバメは毎年秋になるとアフリカ大陸に南下し、春になると子育てをしに地中海沿岸へやってくるのだろう。それともおばあさんは、もっと違うことを私に教えようとしていたのだろうか。

気がつくと少し離れた柱の陰にサバが立って携帯で電話をかけている。私を待たせすぎていることをわかっているのだろう。バスは三十分後と言っていたが、もうとっくに一時間近く経っている。バスはまだ来ない。私はそれでも一向にかまわなかった。今のこの光景が、サバの姿も含め、モロッコやギリシャと同じように脳裏に刻まれることをそのときすでに知っていたからだ。今は見られるだけの間、アマツバメがそこに舞い飛んでいるのを見ていたかった。

蝶の里

作家、北杜夫の初期の小説に「谿間にて」という作品がある。それは台湾の埔里《プーリー》という山あいの町に蝶を探しに行く男の話である。蝶好きの人によると、台湾は珍しい蝶が数多く生息する、蝶の宝庫だそうだ。

私たちは蝶ではなく、自生するカンヒザクラを探しに埔里に向かい、その奥にある霧《ム》社《シャ》という町までバスで入った。霧社からはタクシーで廬山《ロザン》温泉まで行く。その道すがらの山の斜面に咲いていると聞いていたのだ。

埔里から霧社までは古びたバスで山を上がっていく。芽吹きの始まった山の斜面の一部がピンク色になっていて、あれがカンヒザクラのようだ。濃い紅色でよく目立つ。さらに行けばもっと咲いているだろう。このあたりが小説の舞台になった場所だろうか。

バスは長く走り、山の奥まで分け入っていく。この感じは伊豆だろうか奥多摩だろうか、いやもっと山深い、南アルプスの深南部の感じだろうか。それとも四国や紀伊半島の山あいに近いだろうか。もやけた青空に低い山並みがどこまでも続き、時折その斜面に段々畑が見える。集落が見える。そうした開けた風景の山腹を行くバスである。なぜだか、地図にない夢幻峡を行くような気持ちにとらわれるのは異国だからだろうか。台湾は少数民族と漢族で構成されていて、少数民族の多くは山岳地帯に暮らしているという。あのあたりが彼らの村だろうか。

霧社は戦前、台湾を統治していた日本に少数民族が抵抗し、制圧された霧社事件の起きた場所である。その歴史だけを聞くと暗澹たる思いに襲われるが、過去に紛争のなかった国など地上にほとんどなく、大なり小なりかつて戦禍に見舞われた場所に自分たちは住んでいる。ただそのことを知らないだけなのだ。そして今、バスの窓から見る景色は平穏そのものの春のまどろみである。

バスが停まった霧社からはタクシーで上がることにしていたが、待てど暮らせどちっとも来ない。私たちは角の食堂でショウロンポウをつまみながらタクシーが通らないか見張っていたが、考えてみれば日本の山中と同じことで、諦めて次のバスで、それも随分長く待って、廬山温泉に向かった。

たどり着いた終点の廬山温泉は古いひなびた温泉地で、奥日光や四国の山あいの温泉にも似ている。小さな土産物屋が並び、名物菓子の小餅なども申し訳程度に売っている。ここからさらに三十分ほど歩いて山の中腹まで上がっていった。

まだ一月だったが、山は春のうららかな雰囲気に満ちていて、カンヒザクラは枝いっぱいに咲いていた。華やかで趣のある古木も多く、ひとときを樹下でゆっくりと過ごす。気がつくと、見たこともない大型の蝶がひらり、ひらりと舞っていた。

帰りは廬山温泉から直通のバスで霧社を通り、埔里まで下りたのだが、すでに薄暮の時間で、山を下りていくバスの窓からは春のもやに包まれた山肌が霞み、白暮と書いてもいいような暮れ方である。これを夕霧というのか、山を淡く包む白いもやに水を張った田圃や家々が浮かび上がって、そのさまはいつか見た山水画のようでもあり、得もいわれぬ浅春の美しさであった。

ネパールの音

光の交信

窓の外に見えているプロペラが回り始めて、飛行機は滑走路を移動し始めた。別の機体の下には働く人たちがいて、作業車がすうっと移動していく。飛行機のタラップを昇る乗客もいる。先ほどまでいたターミナルの屋根も見える。滑走路を広げるのか、盛り土の工事現場もある。それを越すと黄色い花が咲く花畑がある。人が座ってこちらを見ていて、それも過ぎると、飛行場の台地の下にカトマンズの街が霞んで見えてきた。汚れて曇った飛行機の窓から見る風景が、いつかみた夢のなかの出来事のようだ。

プロペラが最大速度で回って機体が走り出し、ふわりと浮いてあっという間に上空に出た。街が広がりをもって見える。家々がこまごまと連なり、土の道が網目のようで、合間の緑は田畑だろうか森だろうか、その小さな家々の屋根が、ちかり、ちかり、と光っている。まるでこちらに向かって合図を送っているようである。

これと同じような光景に、長野県上田の太郎山で出会ったことを思い出す。町の裏手にある山からは麓の町がよく見えていて、山頂の神社では遠足に来た小学生が、学校の校庭にいる友だちと鏡で交信していた。見ていると、下からぴかり、ぴかり、と光が届く。子どもたちは歓声を上げ、手に持った鏡を動かして返事をする。ぴかり、ぴかり。ぴかり、ぴかり。

機上から眼下に広がる家々の屋根は、ちかり、ちかり、とこちらに光を送ってくる。こうして繰り返し繰り返し人生であった出来事を思い出しながら、人はこれからも生きていくのだろう。

バス停の似顔絵師

バスターミナルに行くと、青空広場にツーリストバスが何台も停まっていて、どのバスがガンドルンに行くのかなとうろうろしていると、車掌と思われる縮れ毛頭の小柄なおじさんが近寄ってきて、私たちの行き先を聞いて、これだと教えてくれる。しかし発車するのはまだ一時間先なので、バスに荷物を置いてぶらぶらする。

乗客相手の店が広場を囲むように並んでいる。手始めはドーナツ屋で、女の人が鉄鍋でドーナツを揚げている。ぱちぱちいう油にはリングドーナツがぷかぷか浮いている。くるっとひっくり返すと、きつね色に揚がった面が顔を出す。またぱちぱちいわせて、揚がったものから鉄串ですくい上げ、お皿に山盛りにしていく。それからたねを手に取り穴を開けて丸く伸ばすと、ぽいと油に入れる。穴を開けてぽい。ぱちぱちぱち。穴を開けてぽい。ぱちぱちぱち。しばらく見物してひとつ買う。新聞紙に包まれたドーナツは大きくて甘くなくてもちもちしていておいしい。

食べながら歩いていくと、今度はサモサを作っているおじさんがいて、そこでも見物する。ちょっと食べたかったが我慢して、手を振って別れた先では犬が座っていた。見ると犬の横に肉屋があって、犬はそこの肉を狙っているのであった。

店を一巡したので、広場の中央にあったコンクリートのベンチに座って待つ。ピンクと赤のサリーを着た女の人がすぐ近くに立っていたので、失礼という意味でにこっとして座る。すると女の人もにこっとして私の隣に座った。

女の人がしきりと私のスケッチブックをのぞき込むので、話の接ぎ穂に困って、描いてあげましょうかと言って描き始める。女の人だから美人に描かないといけないぞと思いつつ描くが、目と唇が難しい。そうして描いていると、彼女は肌がきれいで睫毛が長く、見た目よりも若いことに気づく。

描き上げた絵を本人に見せていると、いつからか後ろで見ていたおじさんが若者を連れてきて、描けと言う。いや私、絵描きじゃないからと何度も言うが、おじさんは聞く耳をもたず、断り切れずにええい、ままよと描き始めた。夫が横から「本質を描けばいい」と励ましてくれる。

若者は髪を頭のてっぺんでおだんごにした、吊り目の一見不良っぽい男子だが、神妙な顔をして伏し目がちに立っている。そんな彼を描いているうちに、この子悪い子じゃないなと思う。心根は優しい子のようにみえる。そのうちに絵のなかの彼がだんだんと仏像の顔に似てきたので、我ながらびっくりする。描いている間は皆おとなしく私が描くのを見ている。

細部を描き込むといつも失敗するので頃合いでやめて、スケッチブックをびりっと破って彼に渡す。すると彼は見た途端に、えーっという表情をしてのけぞった。だから嫌だって言ったのに。おじさんたちが彼の回りに集まって、絵を見ながらああだこうだと批評している。いやおまえ、意外と似ているぞなどと言っているようすである。けれども本人は気に入っていないのが明らかで、別れ際にごめんね、うまく描けなくてと謝ると、彼は絵を持ったまま、小さな声で「ＯＫ」と言った。

バス停の似顔絵師

車掌の合図

ようやく動き出したバスには先ほどの車掌さんが乗っている。茶色い上着を着た、縮れ毛頭の小柄なおじさんが雑事を瞬時に采配していくようすが小気味よい。不安げな外国人の私たちに対しても安心させるように何度も頷いてくれる。

バスは生活道を行く路線バスなので人々が頻繁に乗り降りする。人だけでなく荷物も乗り降りする。そのため通路は内容不明の袋や箱でいっぱいである。一度は袋が破裂して石鹸が転がり出た。穴のあいた箱からはピヨピヨと声がしてヒヨコが顔を出す。車掌さんはそのすべてを把握していて、目にも止まらぬスピードで上げ下ろしを手伝う。人や荷物が乗り降りするとバスはすぐに動き始める。と、車掌さんがステップに立ったまま頭を下げ、額と胸の間で素早く腕を三回動かした。町角にヒンズー教の神様が祀ってあったのだ。それからぶどうの入った袋の水切りをして子連れのお母さんに渡す。休憩した茶店では小学生の女の子にダルカリを食べさせる。よその子の送り迎えまで請け負っているのである。

バスが村々に停まるたびに、車掌さんは大きな声でガンドルン、ガンドルンと行き先を告げながら乗客を探す。狭い通りではバスから飛び降り、笛で誘導するのかと思いきや、車体をトトントトンと手で叩いて合図した。トトントトン、トトントトン。無事通過するとまたひらりと飛び乗る。

やがてバスは標高を上げ、遠回りをして最後の住民を降ろすと車内は急に静かになり、車掌さんも空いた席に座った。終点で降りたのは数人のトレッカーだけで、車掌さんは紅色のシャツ一枚になって、仕事をこなした人の充足感に満ちた表情をして、私たちに何度か頷くと、さっぱりとまた山を下っていった。

ガンドルンの雹

ポカラからガンドルンまで、五時間かけて上がってきたバスを夕方になって降りたときから、空模様は怪しく、雷が盛大に鳴り始めていた。雨具を着て歩き出してすぐに大粒の雨が降ってきて、頭や肩に当たる雨粒がいやに痛いなと思っていたら、足もとに白い塊がぱらぱらっと弾んで落ちてきた。それは雹《ひょう》であった。

みるみるうちに白い雹は積もっていく。日本でも天候不順で局地的に雹が降ったというニュースを見ることがあって、雹ってどんなものだろう、見てみたいと思っていたが、そんなのどかなものではない。バタバタバタッと体じゅうにひっきりなしに当たって痛い。とりあえず避難しなければと、手近にあった宿の庇の下に逃げ込んだ。

トタン屋根にバラバラと猛烈な音を立てて雹が落ちる。そのうち穴があいてしまうのではないかと思うほど激しい。雨期でもないのに、ネパールでも突然の雹の襲来は珍しいようだ。

降り続けた雹は一時間ほどでようやく止み、同じように雨宿りしていたトレッカーたちも順々に散っていった。私たちも急に冷え込んだ空気のなか、濡れそぼった石段を上がって宿に入った。

翌朝山を上がっていくと、降り積もった雹の塊があちこちに残っていた。その一粒一粒はビー玉大で、こんなものが空から一斉に降ってきていたのだからたまらない。しかし土に埋もれたそれらはまんべんなく純白の真珠のごとき球体で、光を弾いてきらめいている。それはひどく攻撃的なものであったが、一夜明けてみると、とても優美なものであった。

クロのパン屋

猛烈な雹が降った翌朝はよく晴れて、早くに起きて散歩に出た。村の石畳の坂道を上がっていくと大麦畑があって、穂先に光が当たって光っている。豆畑の花も光っている。石畳の続く先には白く淡くアンナプルナ・サウスが姿を現している。ヒマラヤの八〇〇〇メートル峰が朝の光のなかにうっすらと見えているのが、この村では大昔から当たり前の光景なのだ。

光る麦の穂を撮影していたら、どこからか黒犬がやってきて回りをうろついた後、ふいといなくなった。どこへ行ったかなと思いながらさらに石畳を上がっていくと、石塀の向こうにクロが寝そべってこちらを見ていて、青いバラックの建物の窓辺にはたくさんのパンが飾ってあった。

　ジャーマンホームベーカリーと書かれた入口からのぞくと、奥から「いらっしゃい！」と元気な人の声がして、ネパール人の若者がパンを作っている最中だった。パンはアップルパイとチョコクロワッサンとシナモンロールの三種類で、生地を伸ばし、くるくると丸め、成形する。とんとんと粉を払い、パンをのせた鉄板をがちゃんとオーブンに入れる。おそらくこの村にやってきたドイツ人に習ったとおりに作っているのだろう。

　私たちは三種類とも頼んで、アンナプルナの吊尾根がきれいに見える外の席に座った。まだ朝の八時だが日ざしが暑い。そのままミルクティとパンの朝ごはんにして、食べ切れなかった分は山でランチに食べることにして、席を立って入口に回ると、クロはもういなかった。新しいお客を探しに行ったのかもしれない。

イエスタデイワンスモア

散歩から戻ると、もう朝の光は部屋の中までさんさんと入り込んでいた。昨日の悪天が嘘のように光り輝いて、部屋の前の外廊下兼バルコニーの桟にぶら下げた雨具もすっかり乾いて暖かくなっている。部屋はロッジの三階で、階下の中庭では草花が明るく咲き開いているのが見える。いくつか並んだ他の部屋のトレッカーたちは早々に出発してしまったようであった。

私はバルコニーを端まで歩いて、突き当たりのシャワールームで手を洗って身繕いをした。さっきクロのパン屋で食べたパンで両手がべたべたになっていたので。するとどこからか、ビートルズの『イエスタデイ』を歌う小さな声が聞こえてきた。

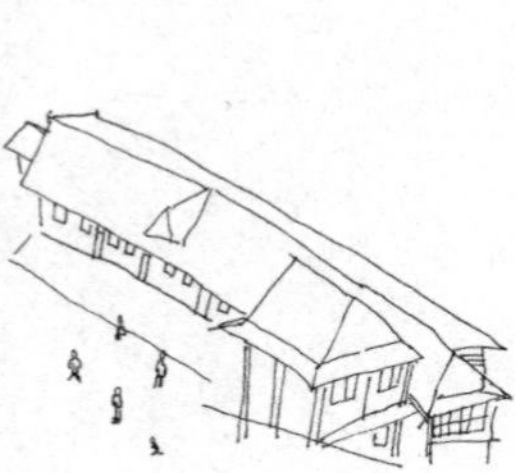

Yesterday, Oh, I believe in yesterday……ヒマラヤを望むネパールの山村で『イエスタデイ』を聞くことがあろうとは。私はしばらく手を止めて、じっと歌を聞いていた。歌声の主は小声で、自分に歌い聞かせるように、何度も繰り返し歌っている。

突き当たりの手前の部屋は欧米人の男性ふたり連れが泊まっていて、先ほど前を通ったときは部屋のドアを開けたまま、私たちと同じようにのんびりと準備をしていた。

シャワールームを出ると、彼らはもう出かけるところで、ひとりはかがんで靴ひもを結んでいた。結びながら私の方に小首をかしげて、おはようと挨拶をして、それから背の高い彼らは大きなザックを背中に揺すり上げ、大股でバルコニーを歩いて、さっと階段を下りて視界から消えていった。

石のチョータラ

峠に向かって登っていくと、坂の途中に、曲がり角の先に、見晴らしのいい場所に、チョータラがある。ちょうど、ちょっと休みたいなと思う場所にある。

チョータラは石造りのベンチのことで、大抵はスレートのような薄い石を積み上げて造られている。なかには四方に人が座れる立派な石積みもある。チョータラは村で財を成した老人が造るもので、その人の死後はなになにさんのチョータラと呼ばれて、皆が休む場所になるのだという。そばにインドボダイジュやベンガルボダイジュを植えて、子孫繁栄の願いもこめるそうだ。自分が死んだ後に隣人の役に立つものを遺すという考えがいい。長い年月と労力をかけて造られ、今も歩いて上っていく生活道の途中にあるのがいい。山の民である自分たちの生活に即したものであるのがいい。今ではそのいずれもが苔むし、石の隙間からは草が生えている。建立者を知る人がいなくなっても道脇に残り、そして私のような旅人も座っている。そのこともいい。

実際に造るのは年老いた本人ではなく職人を頼むのだろうが、土台には大きな石を使い、その上にさまざまな大きさの石を調整しながら積み上げ、最終的に座る面には平らでなめらかな石板が置いてある。生活道を埋める石畳も、人が歩く面の石はどれも平たく美しい模様をしていた。こうした石は見つけると、仕上げに使おうとあらかじめ取っておくのだろう。

ざあざあと沢音の聞こえる急登の半ばにあったチョータラで、ひと息つきながら見ていると、造った人の気持ちがわかってくる。その作業もまた、功徳を積んでいるように思える。

祖母のラジオ

朝の五時に目が覚めてそのままベッドの中で起きていた。少し前から鳥の声が盛んにするようになった。夜明けに部屋を出たときはまだ星が出ていたのに、今はもうカーテン越しの外は薄明るい。

昨日の晩は夜中の十二時頃から一時間おきに目が覚めていたが、外からラバの鈴の音がチリンチリン、と一晩中かすかに聞こえていて安心だった。荷を運ぶラバの鈴の音は日中も聞こえていて、遠くから近づいてきたと思うと、あっという間に現れて、ガランガランチリンチリンと鈴を鳴らしながらすれ違い、音とともに遠ざかっていくのだった。その鈴の音が宿に着いたときから聞こえていたので、夫に「小屋があんの」と聞いたら

「ない」と言う。「なにしてんの」と聞くと「いんの」と答えたのだった。自分以外の生きものが近くで生きていることに心がなごむ。

ふと、ひとり暮らしになった祖母が、夜中に寝床でラジオを聴いていると言っていたことを思い出す。それとともに、会社勤めをしていた頃、終電後にタクシーに乗ると、初老の運転手がラジオをかけていて、そこから流れてくる声を聴くともなしに聴いていたことも思い出す。

隣の部屋の女の人は単独行で、昨日の夕方からずっとごんごん咳をしていて肺水腫のようだ。高山病の一種で標高を下げないと治らない。早く下山できればいいけど、どうするのだろう。

昨日の晩は寝しながが寒くて、持ってきた寝袋を出して入って上から布団をかけたら暖かくなって眠れたが、今度は夜中に暑くて、何度もはいだりかけたりしては寝たり起きたりしていた。

そんなことを繰り返していたので、途中で妙な夢を見た。

魚辰の夢

昨日の晩に見た妙な夢は魚辰の夢である。現実には魚辰なんて店は知らないのだが、私は電車に乗っていて、向かいの席の男性が尾頭付きのタイやご馳走を長い木箱に入れて持っている。それはどうやらご本人の婚礼のご馳走のようで、薄い紗のような覆いがかかっている。男性は日に焼けて体格のいい、海の男らしい人で、なかなかの男前なのだが、つまらなそうな顔をしていて、お付きの人に、せっかくですから召し上がってはと言われ、無言でわしわしと食べ始める。お付きが言うには、そのタイは北海道で数匹しか獲れない珍しいタイだそうで、見るとカワハギみたいな緑と黒のだんだらで、変なタイだなと思っていると、男性はそれにも手をつける。

場面は変わって市場の魚屋で男性の親分らしき人が辰さんの婚礼を喜んでいて、へえ、この店は辰さんって人がやってるのね、あの人は辰さんっていうんだと言うと、店頭の四角いトロ箱に入っていた魚が（タコも含め）ビチビチビチッと動く。明らかに辰さんをこわがっているようである。他の桶の前でも試しに「辰さん」と言うと、中の魚がビチビチビチビチッとなる。そのビチビチビチッという魚の動きと音がリアルである。どうも辰さんは海で知られた男のようである。

夢はさらに続いて、駅前では辰さんの婚礼を祝う菓子パンを配っている女の人がいて、私たちにもくれようとするが、すでに親分からたくさんもらっているのでいいですと断り、こんなおいしそうなパン、駅で配ったらすぐなくなるんじゃないのと言うと、最近の人はもらわないのよ、飽食の時代だよねえと女の人が話す。妙な夢であった。

夜明けのプーンヒル

早朝、日が昇る前の薄暗いなかをプーンヒルに登る。青白い空に山の輪郭が白く見えている。アンナプルナはよく見えているがマチャプチャレは耳だけである。マチャプチャレはネパール語で魚の尻尾の意だが、私にはウサギの耳にみえる。薄ら寒いが厚着なのでさほど寒くはない。

しかしなぜまた仕事でもないのに夜明け前から山頂に登らねばならないのか。ふだんは夜明けのよの字も感じていないような人々が判で押したように山頂に日の出を見に登っていく。せっかくヒマラヤまで来たんだから、ヒマラヤ襞に朝いちばんの光が当たるときでないと価値がない、壮大な日の出を見なければもったいないという固定観念から上がっていくのだろうか。日の出なんて毎日のことではないか。どの状態の山がいちばんいいかなんて誰にも決められないし、美の基準は人それぞれだ。なのにこれがいいという決めつけがつまらない。別に山頂に光が当たってなくても結構です。山の美しさはそのときどきで違うし、そのとき自分が見たもので充分なんです。地上のすべてが見られるわけではないんだから。山との関係は山と自分だけのものなのだから。朝焼けのヒマラヤなんて山岳写真で嫌というほど見たし、人と同じものが見たいという感情は私にはない。しかしこの時間に登らないとゲートが閉まるし、ギリギリに登ると今度は大量の人々が下りてきて上がれないというので渋々登る。そうして悪態をつきながら結局登っている自分も腹立たしい。

約四十五分の登りのうちほとんどが階段で、やがて森に入り、稜線に出て山頂に着く。

プーンヒルの山頂は聞きしにまさる大混雑であった。特に中国人の奇声と嬌声が途切れなく響き渡り、夜明けの山頂の静寂と神聖さはぶち壊しである。いったいどういう了見なのだろうか。もちろん国でひと括りにはできないし、騒がしい人は目立つが静かな人は目立たない。現に登りの途中で私に写真を撮ってほしいと頼み、お礼を言って下りていった若い女性は中国人だったではないか。日本人だってどこで狼藉を働いて周囲に眉をひそめられているかわかったものではない。これは国籍ではなく個人の問題である。

かまびすしい人々はさておき、もう日の出の瞬間は過ぎていて、アンナプルナの雪壁にはその終わりの淡い赤みが差していた。山々を見ていると刻々と表情が変わっていく。白い薄い霧が見る間に形を変え、頂を支えるように、取り巻くように、白く美しい世界をつくっている。それがこの下界の人々の小ささとは対照的に、遠くはるか高みで展開している。あの頂ではこの丘で飛んだり跳ねたり喚いたりしている人間蠢《うごめ》く喧噪の下界はまったく関係ない。そう思うと、あの山上からこの地上をただ眺め下ろしている誰かがいるような気さえする。実際には、あそこからこの小さな丘など見えもしないだろう。

不思議な心持ちだ。あの頂には今、静謐が支配していて、その圧倒的な静けさがここまでも届いてくるように感じられる。その静けさはこの地上と完全に隔絶している。あの頂には今はなんぴともなく、ただ今日の太陽の光が当たり、白い霧や氷雪を舞い立てる烈風だけが吹いているのだろう。

夜明けのプーンヒル

はためくタルチョー

　プーンヒルからゴラパニ峠まで下りてきて、遅い朝食をホテル前のテラスでとる。朝日が上がって上がり切って、ほとんど人がいなくなるまで山頂にいたので、下りてきたときにはトレッカーたちはあらかた出発した後で、のんびりしたムードが漂っていた。私たちは目の前に広がるアンナプルナI峰とそれに連なる峰々を眺めながら、ゆっくりと朝食を食べた。

　ツクチェとニルギリの鞍部が遠くに見えていて、以前記事にしたことのある、ヒマラヤ越えをするツルが渡っていくのはあの鞍部かと目を凝らす。確かにそこだけが他よりも標高が低い。今は渡りの時期でないし、何百キロも向こうで仮にツルが飛んでいたとしてももちろんこの位置からは見えないのだが、あのときは自分が実際に目にすると思っていなかったヒマラヤの鞍部を、数年後の今、この目で見ているのだなと思う。まったく人生とは、こうした思わぬ出来事の長い長い長い連なりなのだ。

峰々の上空は晴々とまぶしく、吸い込まれるようなヒマラヤンブルーである。テラスの隅の棹にはタルチョーが結わえられ、風にあおられてバタバタバタバタ、ずっとはためいている。タルチョーはチベット仏教の経典が書かれた青、白、赤、緑、黄の五色の旗で、風に乗ってその教えが広がっていくという。バタバタバタバタ、バタバタバタバタ。薄布でできた五色の旗越しに聳えるアンナプルナの背後に雲が白く湧いている。今日はヒマラヤの峰を越えて、さぞや遠くまで飛んでいくことだろう。

ヤクのチーズ

古くはチベットとポカラを結んでいたゴラパニ峠は、峠というだけあって山奥なのだろうと思っていたが、トレッカー相手のホテルや土産物店が建ち並ぶ、ちょっとした町になっていた。毛織物や絵はがきと、どこも同じようなものを置いているのをのぞきながら、ある雑貨屋のレジ台に見つけたのはヤクのチーズだった。ヤクは牛の仲間で、山岳民族にとっては大事な家畜である。退屈そうにテレビを見ていたレジのおばさんは、小さな円盤形をしたまっ黄色のチーズを切って量って私たちに渡した後、地べたに座って、笊に広げたヤクの干し肉を細かく割き始めた。

私たちはプーンヒルに登った後、峠からいくつもの集落を過ぎて下りていった。ところどころにあるバッティ（茶店）にはトレッカーがたくさん休んでいて騒がしい。落ち着いて食事を楽しみたい私たちは、小沢のそばのチョータラでお昼にした。

楽しみにしていたヤクのチーズを薄切りにして食べてみるが、固くて癖があって、ちっともおいしくない。これはとても無理だなと思うが、ちょっと炙ってみようとコンロの火で炙ってみた。ジジ、ジジジとチーズの端が溶ける音がする。こんがり焼けて溶けかけたチーズを改めてパンに挟むとおいしい。牛とも山羊とも違う、ヤクのチーズの味がする。

ランチを広げたチョータラでは落ち葉の上でテントウムシがひなたぼっこをしている。すぐそばの小沢では荷物を運んできたラバたちが首を曲げておとなしく水を飲んでいる。

ジジ、ジジジ。私たちはヤクのチーズを全部焼いてきれいに食べてしまった。

荷揚げのポーター

ゴラパニ峠からの下りも石畳の続く山あいの道である。シャクナゲがここでも林になっていて、木もれ日が美しい。そのなかを若いポーターが巨大な荷物を背負って上がってくるのを、私は道脇に避けて待っていた。ようやく上がってきて目の前のチョータラにどすんと座った彼は、ナマステという私の挨拶ににこりともしない。彼の前に外国人トレッカーの父子が大声で話しながら空身で上がっていったので、彼はふたり分の荷物を背負っているようであった。

トレッキングの間じゅう、私は同じような光景を目にしていた。女の子が飛び跳ねながら登山道を下りてきて、後方からピンク色の大型トランクを籠に入れて担いだポーターがギシギシと歩いてくることもあった。無論彼らはそれ相応の代金を払っているのだろうが、少なくとも山にトランクは必要ないし、山は自分が背負える分だけを持って歩くのが基本である。ただネパールではヒマラヤの高所登山隊の流れを汲むポーターシステムが確立しており、自分が力不足のときは人の助けを借りられるが、度が過ぎた感じ、金にあかせてなにをしてもよいという傲りは人としてどうかと思う。どんな人にも尊厳というものがある。払う側にしてみれば、それで現地の人が豊かになるのだからという考え方は正しいかもしれないが、よそ者が彼らの生活道を行き来している以上、そこで営々と生きてきた人たちの暮らしや心情を慮《おもんぱか》るのは礼儀ではないだろうか。

私は彼とすれ違った後、一段下りたシャクナゲ林で休憩して、ふとチョータラを見上げると、彼がこちらを見ていた。目が合うと顔をそらせ、再び荷物を背負い、上がっていってしまった。

ラバの鈴

ラバの鈴を見つけたのは、ゴラパニ峠から下った土産物屋だった。昔ふうの真鍮製で少し欲しかったが、ラバの首にかかって鳴るのでなければラバの鈴の音ではないなと思ってやめた。

ヒマラヤの山中ではラバは山上に物資を運ぶ役目を担い、村々を行き来している。ラバの行列に出会うと、人々は足を止めて通す。ラバたちが近づいてくるのは、ガランガランという鈴の音ですぐにわかる。遠くで聞こえていても、ラバの足は速く、あっという間に目の前に現れ、脇をすり抜け、ガランガランガランと遠ざかっていくのであった。

峠からの下り道でもラバの一行が上がってきた。私たちは小沢の横のチョータラで休んでいたのだが、ラバ使いはラバを小沢に置いて休憩しに行ってしまった。彼らは足もとの水を首を曲げて飲んだりしている。

そこに若い女性トレッカーがふたりやってきた。道は狭いがおとなしい群れだし、避けて通れないこともない。しかし彼女たちは立ち往生している。ふだんから接していないと、人慣れた生きものもかように予測不能のこわいものになるのだろうか。ラバたちは少しずつチョータラに寄りかかる私のそばまで進んできた。目を伏せたラバの睫毛は長い。長くて多い。手前の白いラバは後ろの脚の悪い茶色のラバを気遣って、振り返るとガランと鈴が鳴る。前を向くとガランと鈴が鳴る。

やがてラバ使いが戻ってきて、追い立てられたラバたちはガランガランと私たちの前を通り、石段を上がり、曲がって見えなくなっていった。

サランギの音色

ポカラの中心部にある湖のほとりに下っていくと、聞き覚えのある旋律が聞こえてきた。ネパール帽のトピをかぶり、ジュズボダイジュの実の数珠を首にも手首にも巻きつけた男たちが奏でているのは、民族楽器のサランギである。木を削ったギターのようなバイオリンのような楽器で、体の前面に下げて持ち、四本の弦を弓で弾く。誰かひとりが弾き終わると次の誰かが弾き始める。曲目はレッサンピリリであった。

レッサンピリリー、レッサンピリリー、ウーデラジャンキー、ダーラマバンジャン、レッサンピリリー。蝶となって私の思いを伝えておくれという愛の歌で、一度聞くとなぜか耳に残る。ネパールでは誰もが知る古い歌謡曲だという。

湖上には観光名所の小島があって、観光客を乗せたボートが三々五々戻ってくる。ボートが近づくたびに、男たちは船上の人に向かってレッサンピリリを奏でる。奏でることでお手製のサランギを買ってもらおうという魂胆なのだが、岸辺に降り立つ観光客は見向きもしない。

男たちは湖面を見ている私たちにもサランギを、さらには首にぶら下げた長い数珠も売ろうとする。サランギは手作りなので、作り手によって少しずつ趣が異なる。胴部の一部がくり抜かれ、音が共鳴するようにできていて、無骨な木の素材や手の込んだ彫刻をじっくり見たいのだが、相手は売るのに必死で、よく見ることができないのが残念だ。

彼らの情熱とは裏腹に、粗末な楽器が奏でる音色はもの悲しく、いつまでも湖面を漂っていた。

おばさんの法螺貝

ポカラのチベタンレストランで夕食を食べてホテルに帰ろうとして、なんとなく小さなアクセサリーはないかなと、角にあった店に入った。海外へ出かけると、行った先で見つけた、ふだんとは違うなにかを身につけたいような気分になる。それにその店のショーウインドウには山珊瑚のネックレスがあったのだ。山珊瑚とはチベット民族の装身具に使われる地中海産の珊瑚で、現在は彩色された模造品が多いが、古いものは血赤といわれる珊瑚の色をしている。

入ってきた私を見て、店にいた太ったおばさんはしきりと山珊瑚のネックレスやブレスレットを売りつけようとする。しかしどうみても値段に見合わないイミテーションばかりである。今どき本物の山珊瑚なんてそう簡単には手に入らないだろうし、もしあったとしても高価でとても手が出ないだろう。そう思うとにわかに気持ちが冷め、立ち上がって店内に飾られた品々を眺めていると、チベット仏教の僧が持つ法螺貝があった。海のない山岳国チベットでは、海の貝や珊瑚は宝石にも匹敵する貴重な品であり、だからこそ仏具になり装身具でもあったのだろう。

おばさんは私の目線の先に白い法螺貝があるのを見て、ちゃんと音も出るのだと言って、売りものであるそれを壁から外し手に取ると、いきなりブォ、ブォーッと鳴らし始めた。仏僧でもない人が、ブォ、ブォオーッと法螺貝を鳴らすのを見て仰天する。

けれども法螺貝を両手で持ち上げ、虚空の一点を睨みながら真剣な表情で吹いているおばさんは、先ほどまでとは打って変わって、深山で修行を積む僧侶にも似てみえたのであった。

チベットのおりん

その店に入ったとき、小さな歌声が聞こえたので、この人歌歌ってるよと小声で言うと、夫が歌じゃないよお経だよと言った。敬虔なチベット族は常時お経を唱えていると聞いてはいたが、その場面に遭遇するとは思っていなかった。

眼鏡をかけた中年の女主人は、はにかんだ表情で会釈した後、小声で一心にお経を唱え続けている。私は店の棚にシンギングボールを見つけて手に取った。それはチベット仏教のおりんで、銅製のそれを掌にのせ、回りを木の棒でなぞると音が鳴り、内部で共鳴して幻想的な音色を奏でるのである。しかし音を出すにはこつがいり、素人の私はいくらやってみても木と金属がこすれる、かすれた音が出るだけであった。

私はシンギングボールを手に取ったが、また鳴らないかもしれないと半分諦めながら回し始めた。ところがどうだろう、おりんはすぐに反応し、始めはかすかに、次第に大きく、やがてあたりを包み込むようにシンギングし始めた。

私はすっかり驚いて、夢中で木の棒を回し続けた。女主人は笑顔でスロウリイと声をかけてくれる。小さな店の中でその音色はわんわんと響き渡り、回し疲れて手をゆるめると、広がった音はおりんに再び納まり始め、静かに消えていった。

私はそのおりんを買うことに決めた。同じものは町でも売られていたし、安い店も探せばあるかもしれない。しかし私はその店で買いたかった。それは初めて自分で鳴らせたからもあるが、信心深い女主人の歌うようなお経を、店の棚で長い間聞いてきたおりんだったからだ。

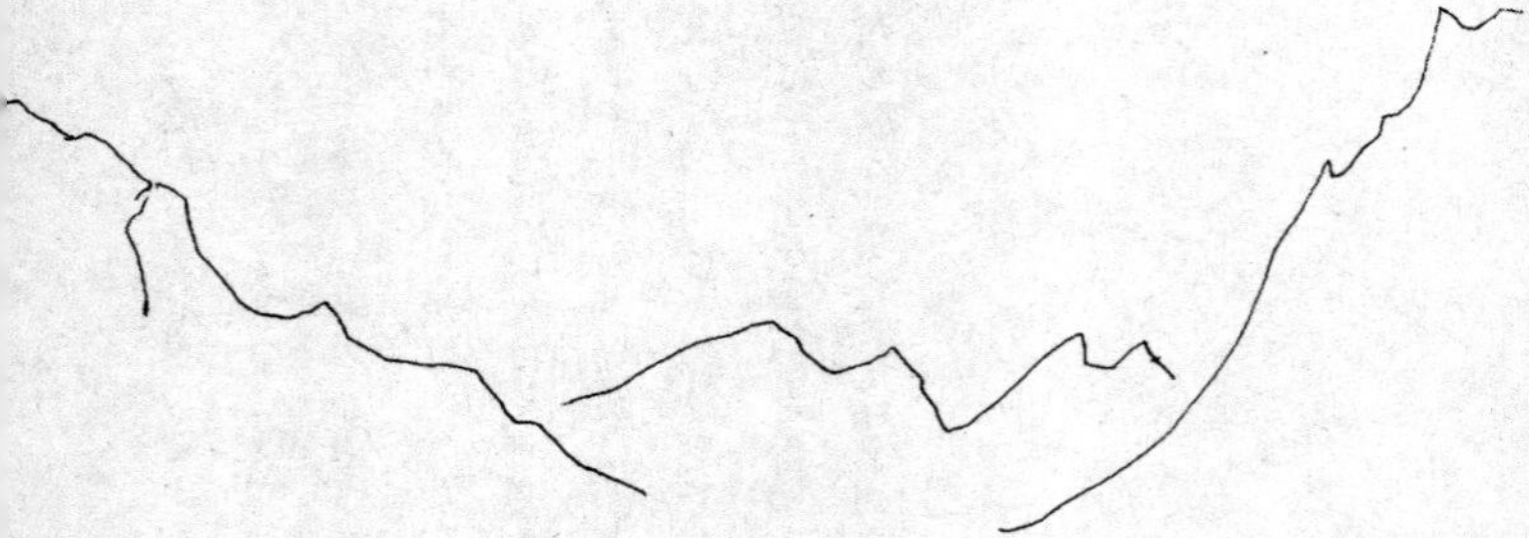

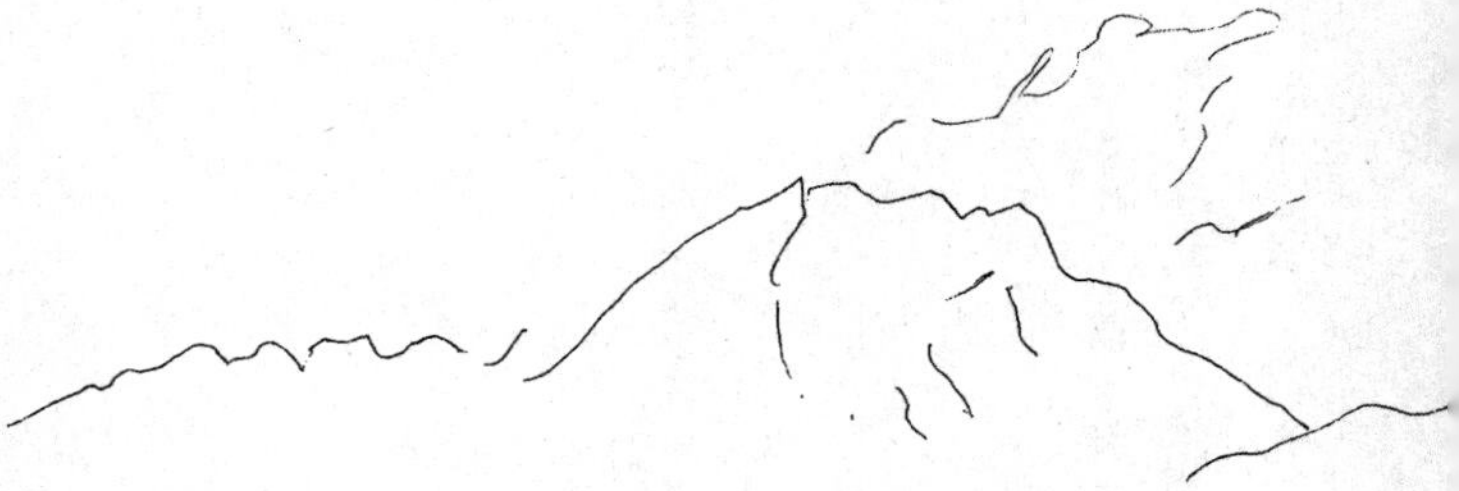

パラダイスバード

チトワン国立公園内の川沿いをジープで走ってきて、高い見張り台が建つ場所まで来て、ガイドのアリがここでランチにしようと静かに言った。ジャングルは危険なので決して見張り台から降りてはいけない。アリは真顔でそう注意した後、持ってきた包みを手渡しながら、ジャングル・ピクニックと言ってにっこりした。

見張り台の上からは川が見えている。アリが川辺にいる鳥を教えてくれるが、そのいくつかしか見つけられない。それでも目を凝らして探すと、川岸の細い木の枝にパラダイスバードが止まっているのがわかった。日本でいうところのサンコウチョウである。その鳴き声をツキ、ホシ、ヒー(月、星、日)と聞きなすことから三光鳥というのだ。

サンコウチョウは姿も優雅である。体の数倍もある長い尾をもち、日本のサンコウチョウは青に緑の彩りあざやかな小鳥だが、ネパールのそれは首から上だけが黒く、他は純白である。

と、枝に止まった小鳥は、突然身を翻して川へ飛び込んだ。川面の虫を狙っているのだ。そしてまたすぐ定位置の枝に戻ってくるのだが、川に飛び込んだ一瞬後に、ヒュルヒュルヒュルと、長くて細いまっ白な二本の尾が螺旋を描きながら空中を上がっていく。枝に上がると鳥は落ち着いて濡れた羽の毛繕いをする。飛び込むたびに繰り返される、その長い白い尾のヒュルヒュルヒュルという音なき動きが、幻のごとく美しい。

その動きはまさに天国の鳥の名にふさわしく、そこだけときが止まっていた。

サイの地響き

最後にサイをもう一度見られないか、アリが探してくれているのがわかった。野生のサイはその角を密猟者に狙われているので、警戒心も強くなかなか見られない。サイがよく現れるとされるエリアにはいなかったので、諦めて帰り道に入ったところで、遠くに灰色の背中が動いているのが見えた。「ライノウス」と小声でアリが言って、ゆっくりと草を食べているのを観察する。

顔の角が見たいのだが、下を向いているので見えない。しかしだんだん近づいてきて、草の間に角と目が見えた。食べている間も耳がずっと動いている。ハエを追っているのか、物音を聞いているのか。サイの背中はフタコブラクダのようで、肩と腰の部分のパーツが甲羅状で、体のつくりや顔に対する目の小ささや角のつき方が恐竜っぽいと思う。実物を見たことはないけれども。サイには古代の生きものの原形が残っている感じがする。そして自分がそう感じたことにも驚く。

そんなことを思いながら見ていると、ドスドスッという重く異様な地響きがして、突然二頭のサイが林から走り出てきた。メスを争うオスのサイなのか、ただならぬ雰囲気で、野生動物の獰猛さを間近にするが、主に恐怖を感じたのは車から降りてサイ見物していた運転手で、慌ててジープによじ上る。それまでのんびり夕食を楽しんでいた若サイも、争いに巻き込まれないように逃げまどう。逃げまどいながら血迷ってジープに突進してきそうで、こちらも怯える。

二頭が走り去った後、若サイは避難した木陰でじっとして、しばらくしてまた草をはみ始めた。私たちも静かにその場を立ち去った。

サラノキの下で

サラノキはすらりと伸びた細い幹の、首が痛くなるほど見上げた先端に花がある。花は小さく淡いクリーム色で、しゅわしゅわとかたまって咲いている。ほのかによい香りもする。あたりにはかすかな鳥の鳴き声だけがする。ホッホ、ポエーホエーホエー。

サラノキは仏陀がその木の下で入滅したことで知られる沙羅双樹のことで、すぐに思い出されるのは『平家物語』のあの有名な一節、

祇園精舎の鐘の声　諸行無常の響きあり　沙羅双樹の花の色　盛者必衰の理を表すである。確かに花の色は淡くはかなく、浮世を離れた色をみせている。

花は五弁の花びらでできていて、一枚一枚は爪先ほどの大きさで、散り蓮華の形をし

ている。ほそやかなサラノキの林の下にいると、花びらが落ちてくる。地面の上にも、頭の上にも、ジープの上にも、ポツリポツリと小雨のように降ってくる。ポエーポエー。ポエー。

葉の落ちる音もする。葉はくるくると回りながら落ちてゆき、最後にバサッと音がする。落ちた葉には黄緑と赤があって、そのコントラストが美しい。ポエーポエー。ピーヨリピーヨリ。

この広い地上に今あるのはサラノキと鳥の鳴き声だけである。この穏やかな静けさに包まれて、高いサラノキの下で、小さな花びらが無数に舞い落ちるなか、鳥の声を聞きながらであれば、死も受容できるかもしれない。自然のなかでこうした静寂に思いがけず遭遇すると、私はいつも自分の死に場所を探している気がする。

アリの石

サファリ用のジープには荷台に椅子が並び、鉄の手すりがついている。車が悪路でぐるんと傾くと思わず手すりをつかむが、アリは私たちの後ろで仁王立ちになったまま、一心に動物を探している。

アリはネパール人のガイドで、口調も仕草もゆったりとして無駄がない。話す英語も簡潔でわかりやすい。なによりも誠実で自然を愛する心が伝わってくる青年で、私たちは昨日事務所で少し話して、彼にガイドを頼んだのだった。

アリは動物を目ざとく見つけ、小声で着実にその場所を教えてくれる。そして私たちが心ゆくまで観察するのを静かに待っている。その時間を彼自身もまた楽しんでいるようであった。

私たちは動物の他に樹木の観察も目的であったので、見たい木があるとアリに車を停めてくれと頼む。すると彼は手に持った小石を手すりに当てて、カンカン！　と鳴らす。すると運転手は即座にブレーキをかける。悪路を走るエンジン音で小石の音など聞こえるのかと思うが、その連係プレーはみごとであった。アリはこちらの希望をすぐに飲み込み、よい場所にさしかかると、カンカン！　と音を立てて車を停める。

アリの手をそっと見ると、橙色の瑪瑙に似た小石をしっかりと握っていた。それは今日そこで拾った石というよりは、長年使っている石のようで摩耗していた。アリはいつもサファリに出ると、カンカン！　と鉄の手すりを鳴らして運転手と意思疎通を図るのだろう。そしてその石は、朝必ずポケットに入れて出るのだろう。アリは小石ひとつも大事にする人にみえた。

ディディとブバ

チトワンからカトマンズ行きの長距離バスでは、通路を隔てて横の席の女の子たちがにぎやかにはしゃいでいた。中学生くらいの仲よし三人組で、車掌や回りの乗客にビスケットを振る舞い、それからインスタントラーメンの袋を破って油と調味料を振り入れ、細かく砕いたのも回してくれる。こうして食べるのが彼女たちの定番なのだろう。外国人の私たちもお相伴にあずかる。黒髪をポニーテイルにした細身の女の子がいちばん元気で人懐っこく、回りの人に話しかけてはケラケラとよく笑う。つられて皆も笑ってしまう。そうかと思えば、座席を倒し、あっという間に寝息を立てる。若いというのはよいものだなと思う。

バスは途中、ドライブインでランチ休憩をとった。私たちも降りてダルカリを食べたが、発車時刻がわからず、同じバスの乗客の女性が悠然と食べているのを基準にしていたが、バスが警笛を鳴らし始めたので早々に乗り込む。あのお姉さんは別のバスに乗り換えるんだなと思ったそのとき、バスはぶるるんと発車し、女の子たちが大声で騒ぎ始めた。「お姉さんが乗っていないわ！」

探しに行った車掌に連れられて乗り込んできた彼女に、ディディ（お姉さん）よかったねと夫が声をかけると、女の子たちに、それは違う、バイニ（妹）と言いなさいと正される。ちなみに我が夫はブバ（お父さん）だそうだ。私たちはもはや彼女たちの父母の年齢、いやもっと上かもしれない。

母としてはご馳走になりっぱなしでは悪いので、バスを降りる娘にキットカットを渡したら、大喜びして投げキスをしてくれた。今から街のどこかにある、両親の待つ家に帰っていくのだ。

チベタンブックショップ

カトマンズに戻ってまず行ったのはチベタンブックショップである。サファリで見た鳥の名を覚えたくて、アリにおすすめの図鑑を聞くと、手持ちの本を見せて、買うならチベタンブックショップがいいと教えてくれたのだった。

ホテルからすぐの場所にあったその店は、広いワンフロアすべてが本で埋まった中型書店だった。書棚にも本がびっちりと納まっていて、横文字の背表紙を見ていくだけでもへとへとになる感じだった。なによりもその店を支配していたのは威厳に満ちた静寂で、他にも外国人が本を見ているのだが、ことりとも音がしない。本が倒れる、ぱたりという音をさせようものなら店じゅうに響きそうであった。寡黙なアリがこの店に来て心静かにページを繰る姿が私には容易に想像できた。目的の野鳥図鑑はすぐに見つかり、他に仏具の解説書や料理書を持ってレジに向かった。

そこには痩せて知的な風貌のチベット人店主が立っており、私が差し出した本を見て、チベット料理は食べましたかと聞き、モモ（餃子）とトゥクパ（うどん）くらいですがと答えると、ネパールのモモの具には雑多な種類があるが、チベットでは刺激の強い香辛料は使わず、体を温める、消化のよい素材だけを詰めますと教えてくれた。

しかしその声があまりに小さくてよく聞き取れない。おそらくそのような内容だと理解して、私は頷きお礼を言って店を出た。そんな会話がいつまでも耳の底に残っているのはなぜだろう。たとえ聞こえないほどの小声でも、伝えようとすることは伝わるのだ。

トゥンバの魔法

これもまた、峠から下りてくる途中のバッティで見かけたのだった。円錐形のアルミ製容器の上部を切った上にお猪口を逆さまにしたような蓋がつき、同じ材質のストローが刺さっている。聞くとチベット族の発酵酒トゥンバを飲むための道具で、発酵させたヒエを大量に入れ、お湯を注いでふやかしてから飲むのだという。アルコール度数は約四度と低く、お湯を注ぎ足しながら飲むのでだんだん薄くなって、最後はお白湯みたいになる。男たちは皆マイカップならぬマイトゥンバカップを持っていて回し飲みはしない。そうしてお湯を注ぎ足しながらだらだらと飲み続けるそうだ。度数が低いとはいえ山で飲むのは憚られるので、下りたらぜひ試してみようと楽しみに下った。

カトマンズのチベタンレストランで念願のトゥンバを頼むと、山で見たのと同じ形の容器が運ばれてきて、大きな魔法瓶も横にどんと置かれた。いったいどんな味がするのだろうとおそるおそるストローに口をつけて吸い込むと、入ってきたのは植物由来の味がする、温かい紹興酒のようなお酒であった。少しずつ飲むのでお腹が温まってほかほか心地よい。これは悪くないぞ。

容器は結構な大きさで、中にたっぷりヒエが入っており、ゆっくり飲んでいるとちっとも減らない。二度三度と注ぎ足した味も早く味わいたいが、なかなか減らないので注ぎ足せない。しかしこの感じも好みである。これはがぶがぶとあおるように飲むお酒ではない。ちびちびと飲みながら、飲んでいるその時間を楽しむものなのだ。

ひとつ発見したのはストローについてで、どの容器もストローの先だけが平らに潰れているのだが、最初は前に使った人が癇性で、歯で噛んでこうなったのかと推測していたが、これは中の細かいヒエ粒が口に入ってこないように歯をひっかけてくい止めるためではないだろうか。あまりお行儀のよいことではないが、そう思うとなんだかチベット人に一歩近づいたような気がする。違うかな。

三十年以上前からたびたびネパールを訪れている夫によると、以前の容器はアルミではなく竹や木製で、蓋はなく、ストローも竹だったそうだ。竹のストローの先にはヒエが入らないようにスリットや穴があけてあったというから、ヒエ粒が口に侵入してくる問題は飲兵衛たちにとって長年の懸案事項で、あれこれ知恵を絞っていたのだろう。単にヒエを細かい網目の袋に入れれば解決すると思うのだが、それだとこの山盛りヒエのざくざくした豪快さが失われて嫌なのかな。

いずれにせよ、ヒマラヤの男たちはこんなマイトゥンバを抱えて、日暮れどきから楽しくやっているのだろう。私たちもこれを家に持って帰って、だらだらしゃべりながらお湯を注ぎ足し注ぎ足し、ちびちび飲む姿を想像する。店では中身のヒエも売っているというし、ぜひ買って帰りたい。けれどもせっかく買うならチベットに行って買いたい。おや、チベットに行く理由がもうできてしまったではないか。

トゥンバには三回お湯を足したが、まだそこそこ濃かった。お白湯になるまでもう二、三回は注ぎ足せそうである。まだお湯もあるしねえ。しかしさすがにだいぶあかんたれになってきた。酒は飲みたし家には帰りたし。

ついにギブアップしてホテルに帰る。これはやっぱり、家で飲むのがいちばんいいな。

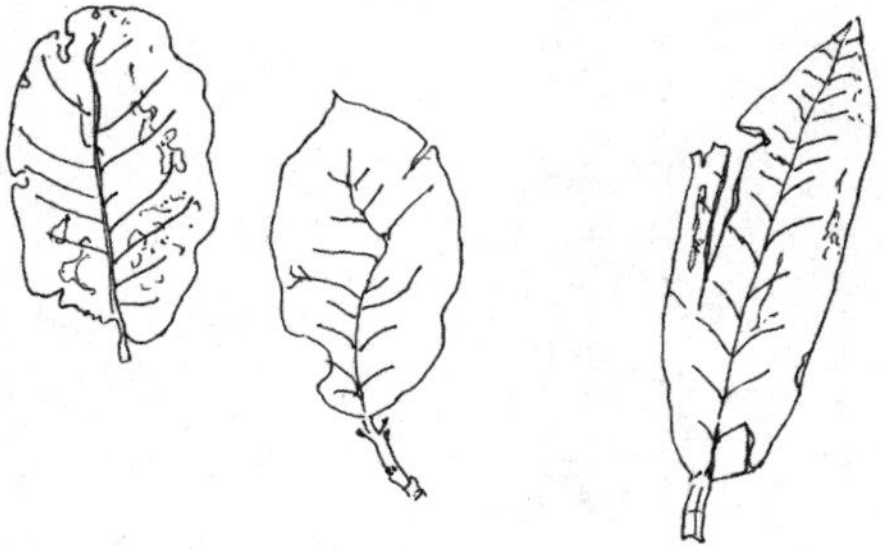

マニ車とお経

マニ車を回すのは年来の夢のひとつだった。ネパールに行ったらマニ車を回したい。出版社に入社したての頃、編集のお手伝いをさせていただいた『カトマンズ百景』という写文集にマニ車を回すチベット族のカットがあり、以来私も一度回してみたいと思い続けてきたのだ。

マニ車とはチベット仏教の経典が巻かれた仏具で、回した分だけお経を唱えたことになるという、便利な道具である。写真のマニ車は山村の道沿いに設置されていて、歩きながら回していくものだったが、今回歩いた山中では出会わず、初めて触れたのはカトマンズの街なかであった。

街の広場の片隅に小さなストゥーパ（仏塔）があり、その回りをマニ車が囲んでいる。それは赤ちゃんをあやすガラガラのような円筒形をしており、外側の金属板に経典が彫られ、筒の中央に通した棒で固定されている。下側の出っ張りを手で押すとくるくると回るようになっており、試しに押してみると結構威勢よく回る。

私はひとつずつ右手で回しながら時計回りに歩き始めた。するとオムマニペメフムと、聞きかじったチベット仏教のお経が口をついて出てくる。オムマニペメフム、オムマニペメフム。その一節が、歩きながら回すペースとちょうど合っているのだ。

一周して戻ってきて、さてどのマニ車から始めたかなと思って見ると、目の前の少し大きめのマニ車が、触れてもいないのにくるくるっと勢いよく回ったので、あっここからだったと気づく。不思議な現象ではあるが、それもあり得るなと自然に思える。私は二周めのマニ車を回し始めた。

ニューカレドニアの光

コウモリの毛

南太平洋オセアニアの島、仏領ニューカレドニアに行きたいと思ったのは、神奈川県葉山の県立近代美術館で見た『貝の道』の展覧会がきっかけだった。オセアニアの島々からアジア、アフリカへと、貴重な交易品として貝がたどった道を、各国の衣装や装飾品や儀式道具などにあしらわれたタカラガイの貝細工をもとに追ったもので、展示品の多くは大阪府千里山の国立民族学博物館収蔵の品々であった。

もともと石拾いや貝拾いが好きで、貝のなかではことにタカラガイが好きな私は、それらのお宝もといコレクションを、ガラスケースが自分の息で曇るほどの勢いで見ていったのだが、そしてその展示に訪れている人の数のあまりの少なさも気になったのだが、そこで見た、南太平洋の島々に発した貝の文化に強い興味をそそられ、次の旅の目的地に定めたのであった。

首都ヌメアの街の中心部にあるニューカレドニア博物館は、先住民であるカナック族の歴史的文化的遺産を収集、展示している。ここならば貝を使った装飾品や貝貨などを多数展示しているにちがいない。期待を胸に入館したが、館内にはカナック族独特の住居建築や船、儀礼の道具などは詳細な解説付きで展示され、周辺のパプアニューギニアやバヌアツ、フィジーやサモアなどオセアニアの島々の文化についても網羅されているが、貝の展示はそのうちのごく一部で、拍子抜けするほどだった。

その代わりに私が衝撃を受けたのは、コウモリの毛で作られた交換品であった。それはカナック族の女性が出産や結婚、葬祭などの重要な人生の節目において、他家と交換する家の財産であり象徴でもある品で、どんなものかというと、ココナッツの木の繊維を裾広がりにまとめたものを、細い紐で螺旋状にきっちりと巻き上げ、取っ手をつけた円錐形をしている。説明板には女性のスカートと書いてあるが、手箒くらいの大きさなので、スカート状の装飾品、あるいは交換品というのが正しいだろう。植物繊維をまとめているその細い紐が、コウモリの毛でできているのである。

コウモリの毛？　それはどうやらコウモリの体に生えている微細な毛を集め、ごく細い糸に縒って、少しずつつなげて作った紐らしく、途方もない根気と時間のかかった一品なのだ。

ニューカレドニアは、鳥類はいるがコウモリ以外の哺乳類がまったく生息していない稀有な島である。無論現代は人間が連れてきた家畜はいるが、島にもともと生息していた動物はいない。それは約三億年前に太古のゴンドワナ大陸が分離し、新大陸が形成された時代からの謎であり名残なのだが、だからこそこの赤道近くの島の先住民にとっては、動物の毛というものが稀にみる貴重品であり、財産でもあったのだろう。島に生息するオオコウモリはフルーツバットと呼ばれ、果物を食べるコウモリだが、重要なタンパク源でもあったそのコウモリから取ったわずかな毛を、何年もかけて丹念に集めて大切にしたのだろう。

展示された女性のスカートは非常に豪華でみごとな細工で、おそらく豪族の持ちものだったと思われるが、他にもコウモリの毛を縫って作った、か細い紐にいくつかのビーズを通したものなども、お金に代わるものとしていくつも展示されていた。

この南大平洋に浮かぶ島では、浜辺でいくらでも手に入る美しい貝よりも、コウモリの毛の方がはるかに貴重で価値の高いものだったのだ。

蚊の館

モン・ドールは島の南岸にある山の名前で、ミネラルウォーターの採水地でもあり、山の絵を描いた水タンクを載せた巨大トラックが頻繁に道路を走っている。その日、雨がひどくてモン・ドール探訪を諦めた私たちは、島の東岸にあるヤテへ向かった。道を下っていくと、海に注ぐ川の終着が雨とガスで白く霞みながら見えている。下り着いた集落の観光案内所で聞いて、海辺にある手頃な宿に入った。

宿にはテント場と宿泊棟があり、雨は終日降ったり止んだりだったので、小型のバンガローに入ることにした。浜辺に出て岩の上でビールを飲み、ヌメアの朝市で買ったクエの大きな切り身を焼いて食べたところまでよかったが、問題はその晩だった。

夜半に目が覚めると海の荒れる音とともに雷が轟き、外は嵐になっていた。しかし私を起こしたのは嵐ではなく、大量の蚊の羽音であった。

泊まったバンガローは、先住民カナック族の住居を模倣して造った、天井の高い藁葺き屋根の小屋だったが、彼らの住居は壁が草木であるのに対して、バンガローの壁はコンクリートのため、藁葺き屋根とコンクリートの壁との間に生じた空間からいろいろなもの（主に蚊）が侵入してくるのである。

耳もとであの嫌な羽音がして、退治しても退治しても次なる羽音が近づいてくる。こういうときに限って旅には必ず携行する蚊取り線香を持っていない。出入り自由な入口から次々に入ってくる蚊を相手に、闘いは一向に終わらない。ついに闘うことを諦め、猛烈に蒸し暑い熱帯夜だというのに、寝袋を頭からすっぽりかぶって、汗だくのまま耐えていた。いくら似せていたとしても、本質が違えばそれは張りぼてでしかない。

蚊も真夜中の嵐から逃れようと侵入してきたのだろう（そしたらおいしいエサが待ってたよ！）。こんなことならばどんなに嵐だったとしても、テントにすればよかった。

朝になって寝袋を抜け出すと、蚊はいずこかへ引き上げて、海はもう凪いでいた。

マドレーヌの滝

小雨の降るなかをマドレーヌの滝に向かって歩いていく。一帯はリヴィエラ国立公園で、滝の周辺にはいくつもの散策路が設置されており、草木につけられた説明板を見ながら行くと川に出て、滝が見えた。

赤土の左岸沿いに下り、小橋を渡って濡れた石ゴロの道を上がると、滝上に出る。道は滝口のすぐ近くまで行けるようになっているが、雨で石は濡れているし水量は増えているし滑って落ちるのもこわいので、近くまで寄るのはよして、少し離れた位置から滝の水が下へ落ちていくようすを見ていた。

マドレーヌの滝は高い位置から細く長く落下する滝ではなく、広々と平らかな川が低い位置から大量の水とともに段差を一段落ちていく、幅広の滝である。私はそこまでは平らだった川の水が滝となって下に落ちていくようすを見ていた。

とうとうと流れてきた川の水は滝上まで至ると、まろやかな曲線を描き、すうっと吸い込まれていく。その吸い込まれる瞬間の前に、一瞬のためというかゆらぎがある。硬質の鉛筆で描いた無数の線のように細かな水紋を描いていたこのゆらぎが、滝の落ち口でまろやかなふくらみを一瞬もち、銀色の線と白い泡とともにすうっと、滝の水となって滝下に吸い込まれていく。流れてきた川の水はただ単にまっすぐそのまま直角に落ちていくのではない。そうして落ちた後は白く豊かな水しぶきとなって流れていく。

滝の落ちる前の地形はごく平らになっていて、テーブル状になっている。私が立っている場所もそのテーブルの一角で、滝口から数歩退いただけの場所なのだが、不思議な静寂に満ちている。

先ほどここまで上がってきたときも別天地が開けた感じがあった。右手には川がはるか遠くから平らに流れてくるのが小雨に霞みながら灰色に見えている。そこに生えている木は半分水に浸かったり、赤い岩の割れ目に根を張って、ぐにゃぐにゃ伸びて、そこだけでひとつの世界が展開している。

私の横にも膝丈ほどの灌木が生えていて、細い枝を伸ばし、その先に黄緑色の針葉を出して小さな花を咲かせている。それが向こう脛に先ほどから触れている。もとをたどっていくと、根は岩の割れ目に生えていて、本体の幹はがびがびと剥がれて灰色で、どれほど長い年月をここで生きているのか想像もつかない。その古木が、細い枝を出して、その先に細やかな花を咲かせている。本体にも花はたくさんついていて、白い丸い花びらのまんなかが赤らんでいてかわいらしい。マヌカの仲間である。

他にもキョウチクトウやビワやマツに似た植物が、赤岩の台地上に無数に立って生きている。どれもさほど背は高くなく、いずれも灌木である。それらが水に浸かったり、ぐにゃぐにゃ伸びたり、曲がったり、ところどころ枯れたり、黒い実をつけたり、水たまりに影を落としたり、すらっと立ったりして、どの植物もささやかで控えめであるけれども結果的には力強く、思い思いにこの世界をかたちづくっている。

その静謐な感じ、それぞれが生命のありようを素のままに見せながら、静かに自分の生を生きている姿が厳かで、深遠な空間をつくりだしている。これを地上の庭とでもいうのか、いや、庭は人工的につくられたものだから違う。かといって神がつくった庭というのとも違う。ただ彼らは淡々と生きて、この景観をつくっているだけなのだ。その比類なき原始の美しさ。小雨はそのまま降り続いていた。

背の光

昨日の晩はひさしぶりにぐっすり眠った。

朝、テントの中で起き上がって、昨日はなにも夢を見なかったなと思う。下に敷いたマットも旅用で薄かったのに体も痛くない。不思議にさわやかな気持ちで目が覚めた。ぴよぴよぴよぴよと外で鳥が鳴いている。

夜明け前のまだ暗いうちには、ピーポピー、ポピポピーポ、ピーポピーポピーポピポピポピー、とサイレンのような音が聞こえてきて、半分眠りながら、救急車かな、フランスの救急車はあんな音なのかな、でもこんな時間に、おまけに私たち以外には後から来た一組しかいないキャンプ場に救急車なんか来るだろうか、誰か急病なんだろうか、もしかしてキャンプ場の受付のおばさん？　とぼんやり思っていた。

受付のおばさんはとてもいい人で、フランス系の白人ではなく先住民のカナック族で、カナック族の中高年女性が着るムームーを着て、足は裸足で、頭にはかんざしみたいのをつけていた。小柄でちょっとムーミンの物語に出てくるミイみたいな女の人である。

英語で今日泊まれますかと聞くと、フランス語で私はフランス人よ、フランス語でお願いと大仰にジェスチャーしたので、なんだかおかしくなってお互い笑ってしまったのだった。こちらはフランス語はまったくわからないので、身振り手振りで意思疎通を図る。困るのは数字だが、これは紙に書けばよいのですぐわかる。それで使用料はひとりいくら、ふたりでいくら、プラスナントカ料で合計いくらと教えてくれる。大きいお札はおつりがないので断られ、細かい金額を小銭で払おうとすると10フラン足りない。私たちふたりのお小遣い用財布を出してきても足りない。あれ、困ったなと思ったら、「セ・ボン」、大丈夫、いいわよと言ってくれる。まさか使用料をまけてくれると思わなかったのでお礼を言う。

私たちがおばさんのフランス語を真似て繰り返すので、おもしろくなったのか、何度も発音を直される。別れ際にも「オーヴォワ」（さようなら）と言うと、違う違う、「オー・ルヴォワール」だと直される。もう一度言ってみなさい。ウィ、オー・ルヴォワール。よろしい、もう一度。私たちのさようならは、さだめし日本語でいうところのサイナラ、みたいな発音になっているのだろう。

受付の裏は小屋になっていて、洗濯物がひらひらしていたので、町からも離れていることだし、おばさんは管理人としてそこに住んでいるようであった。

それでそのミイおばさんが救急車で運ばれる音だろうかと思うが、いや、これは鳥だ、鳥の鳴き声だと思う。

ニューカレドニアには、そのくらい妙な声の鳥が多い。猫そっくりのもいる。ム、ニャーオ、ム、ニャーオと聞こえるようなのとか、彼らにとってはそれがふつうなのだろうが、町なかでも山に入っても不思議な鳥の声がずっと聞こえている。ニューカレドニアの国鳥でもある貴重な白い鳥カグーも幸運なことにトレッキング中に遭遇できたが、鳴き声は、鼻づまりの人が鼻をかむみたいな珍妙な音だった。

夫も寝ながらピーポの声を聞いていて、盗難車の警告音かと思って、ハッとして起きたが、違う、鳥の声だと思ってもう一度寝た、と起きた途端に話す。

それから私たちはテントの外に出て、空を見て今日の天気をみる。数日間ずっと雨続きだったがやっと回復して、今日は晴れそうである。ベンチに行ってお湯を沸かして朝のコーヒーをいれる。家にいるときも毎朝起きぬけにコーヒーをいれるので、旅先でもできるところでは必ずコーヒーをいれて飲む。

私たちのキャンプサイトはナンバー12で、昨日おばさんにどのサイトを選んでもいいと言われたので、全部見て回って12にしたのであった。受付に近い1や2もよかったが、ちょっと奥まったここ12にしたのは、小道を入った先のサイトが木々に囲まれた円形空間になっていて、正面のあずまやの下には木のテーブルとベンチがあり、右手に大きなナンヨウスギが二本、空高くそびえていて、気持ちのいい空気が流れていて、木々がここがいいよ、と手招いているような気がしたからだった。

テントを張ってからよく見ると、ナンヨウスギと反対側にカオリもあった。カオリはニューカレドニアを代表する木で、思いがけずキャンプサイトにカオリがあって嬉しい。カオリは丈夫でまっすぐな幹をもつため、船のマストに最適だとして、ニュージーランドでは英国人が入植してきた際に乱伐してしまい、大木は激減してしまったという。船のマストだけでなく、バッキンガム宮殿の内装にもこのカオリが使われているそうだ。確かにどの木もすらりとして美しく、しかもずっしりとした重厚感があって、叩くと中身がみっちり詰まっている音がする。枝は上の方にだけついて、節がないのもよいのだろう。幹は全体に灰色ですべらかだが、よく見ると小さなつぶつぶがついている。若木だった頃の枝の跡だろうか、これが特徴にも思える。

カオリは裸子植物でマキの仲間で、日本の木でいえばナギに近い。ナギは古来ご神木とされてきた木で、神社の境内にも植えられている。ナギの葉は旅人のお守りになると、以前熊野の速玉大社のナギの大木のそばで名物の餅を売っていたおばさんに教えてもらったことを思い出して、今回も山のなかで木の下に落ちていたのを一枚だけもらった。おばさんは三百六十五日そこに立って餅を売っているそうで、まっ黒に日焼けしていて、実はこの人が速玉大社の守り神のやたがらすの化身なのではないかと思うほどだったが、そのおばさんが、葉を拾うのは一枚だけにしなさい、欲をかいたらいかんと私に忠告してくれたのだ。

昨日はキャンプ12の中央のあずまやの下のベンチに座って、夕方早くからビールを飲みながらソーセージを焼いたり、ビーツのサラダをあえたり、つまみかごはんかよくわからないものをだらだら作って食べながら、暗くなるまでゆっくり過ごした。

周りを囲む木にはもうひとつ、マルハチの仲間がひょろ高く立っていて、ごはんを作りながらスケッチする。シダの仲間だから、葉が細かくて途中で挫けそうになる。でもここで挫けてはいかん、できるだけよく見て、全体像がわかるように描こうと努力する。

それから立っていって、日が出て明るいうちに、ナンヨウスギもスケッチする。ナンヨウスギは太い幹から細くて柔軟な枝が直接にょきにょき生えていて、その先に葉が密集してついている。葉は日本のアカマツのように先端がとげとげしていなくて、葉の一本一本が野菜のインゲンぐらいの太さで、丸みを帯びている。それが鳥の羽のように主軸となる枝先からきっちりと等間隔に生えている。一本の枝に羽はひとつだけつく。その細いひょろりと伸びた枝が、枝先で緑の羽をひらひらと広げているようすが、まるでフライングバードのようでもあり、また千手観音のようでもある。こちらに向かって伸びているものは、人がすいと腕を伸ばして掌を差し出して笑顔で握手を求めるときのようなようすである。差し出された枝先を握ると、思っていたよりもずっとやわらかく、ざりざりとした感触で、不思議と心地よい。東京の都心を散歩していたときにも大きなナンヨウスギがあったと夫は言うが、どこにあったのかさっぱり思い出せない。けれどもナンヨウスギの姿は好きだし、今日でしっかり覚えたから、帰ってからも出会えばきっとわかるだろう。

そうこうしているうちに、ナンヨウスギのてっぺんに出ていた半月はさらに高くに上がってきた。月が高くなるにつれて、地上は暗くなり、そろそろテントに入ろうということになり、片付けはヘッドランプをつけて作業する。キャンプの夜は大抵早寝である。まだ夕方明るいうちからごはんを作って食べ始めて、食べ終わるともうすることもないし、あたりはまっ暗だし、疲れていて眠いし、もう寝ようかとなる。周りには自然しかなくて、気分よく食べて話して酔っぱらって、それまでの日々が忙しかったりすると急に睡魔が襲ってきて、場合によっては四時半頃から寝袋にもぐり込んだりする。今日もまだ七時過ぎだし、こんなに早くに寝たら夜中に目が覚めちゃうよと、おしゃべりしながら頑張って起きていたが、それでも八時には寝てしまった。

今朝もあたりが明るくなったのは夜明け前にピーポ鳥が鳴いた何時間も後で、結局七時頃まで寝ていたから、半日近く寝ていたことになる。

コーヒーの後はスープを飲み、ヌメアの朝市で丸ごと一個買った、よく熟して柿色をしたパパイヤを平らげて、キャンプ場の散歩に出た。

キャンプ場とはいってても国立公園の一角なので、車も人もなくあたりには自然しかない。私は赤土の道を歩きながら、昨日の晩、あんなによく眠ったのはひさしぶりだったなと思った。目覚めたときにあれほどすっきりと気持ちよかったのはいったいいつぶりだろう。

若い頃から私は心配ごとがあると夜中によくうなされる質で、地方取材の多い仕事柄、宿泊先で同室のスタッフに迷惑をかけるのではないかと気が気でなかった。プライベートでもこうして旅に出ると、今度は束の間でもよしなしごとから解放されて、安心して眠れるかと思いきや、ふだん忙しさにかまけて放置していた、とりあえず段ボール箱に入れて押入の奥にしまい込んでいた悩みの本質が、突然ぱかっと箱の蓋を開けて夜中に躍り出てくる。まるで、旅なんかに出て、こいつはちょいと暇になったようだぞ、それいけ俺たちの出番だ、とでもいうように。そうして勝手に増殖してまた嫌な夢をみて飛び起きるということを、もうここ何年も、旅に出るたびに繰り返しているのだ。

その悩みは決して一過性のものではなく、おそらく子どもの頃から自分を悩ませている問題であって、それが歳をとるにつれて深まり、逃げようのない悩みになり、いつも心を塞いでいる一因になっているのだが、昨晩はなぜか、その悩みを感じずに眠った。

私はまた臆病でもあるので、初めての場所で寝るのも苦手で、ましてや未知の山中ではある程度緊張しながら寝るのが常なのだが、昨日の晩はなぜだかこわいという気持ちも起きず、夜中に目覚めることもなく、ぐっすりと眠った。それはあえていえば、この地の大きな気の流れにくるまれて、ナンヨウスギの細い枝の先の羽の上で眠ったような感覚でもあった。

私はここ数年とみに強まってきた、この先々の人生に対する不安をぬぐい去ることもできず、もはやぬぐい去れないと諦めかけているが、それをもってしても、今朝の寝覚めはここ数年来にない、明るく平穏なものであった。こうして歩いていても、周囲には音もなく、静穏であった。聞こえてくるのは風変わりな鳥の声だけだった。

そうして考えながら歩いていたとき、ふと背中に暖かな太陽の光が当たっているのに気づいて、なんの気なしに振り返ると、そこは自然にできた小さな広場になっていて、広場の向こうには大小さまざまな木々が立っていて、木々の背後にはうっすらと低い山並みが見えていて、そのすべてに太陽の光が当たってまばゆく光っていた。若いナンヨウスギが一本遠くに見えていた。山はまだ薄い金茶色の朝もやをかぶっていて、稜線が少し淡くぼやけて見えている。木々はてっぺんにだけ葉をつけているものも、そうでないものも、めいめい好きなように天に向けて枝を伸ばし、きらきらと光って輝いていた。地面には木々の影が薄く伸びていた。鳥が飛んできて、そのうちの一本の木の枝先に止まって、また飛んでいった。

どこにでもある自然の風景なのだが、その光景は私の胸の内を深いところで打った。年を経るにつれて私をひどく苛んでいたそれは、すべてはいつか終わるという虚無感であり、日々死に向かっているという恐怖感であり、刻々と減っていく、残されている時間の圧倒的な短さであった。もうなにをしても以前のように明るく、一点の曇りのない、潑剌とした心持ちにはなれないのではないか。

しかし、そうでない。輝かしい未来はあるのだ。今日ここで、朝の光をさんさんと浴びて立っている木々を見て、金茶色のもやに包まれている山々を見て、それはどこにでもあるような朝の光景であり、すぐにかき消えてしまう生の一瞬であったが、それを見ている私は、深い喜びがたましいの奥底に広がっていくのを感じた。

私にとって輝かしい未来とは、いつまでもこうして光り輝く美しい光景を平穏な気持ちで見られることではないだろうか。

自分がいてもいなくても、自然はいつまでもこのままだろう。人間によって破壊されることはあっても、地球を揺り動かす気候や地殻変動がないかぎり、自然は生死を繰り返し、いつまでもこのままだろう。私はこのまばゆい光に満ちた世界を、生きているかぎり見られればよいのではないか。

私は、今日ここで感じたこの気持ちを忘れないように、そこに立つ木々と居並ぶ山々を手にしていたノートに丁寧に描き、もう一度その光景をよく見つめてから、その場を立ち去った。

背の光

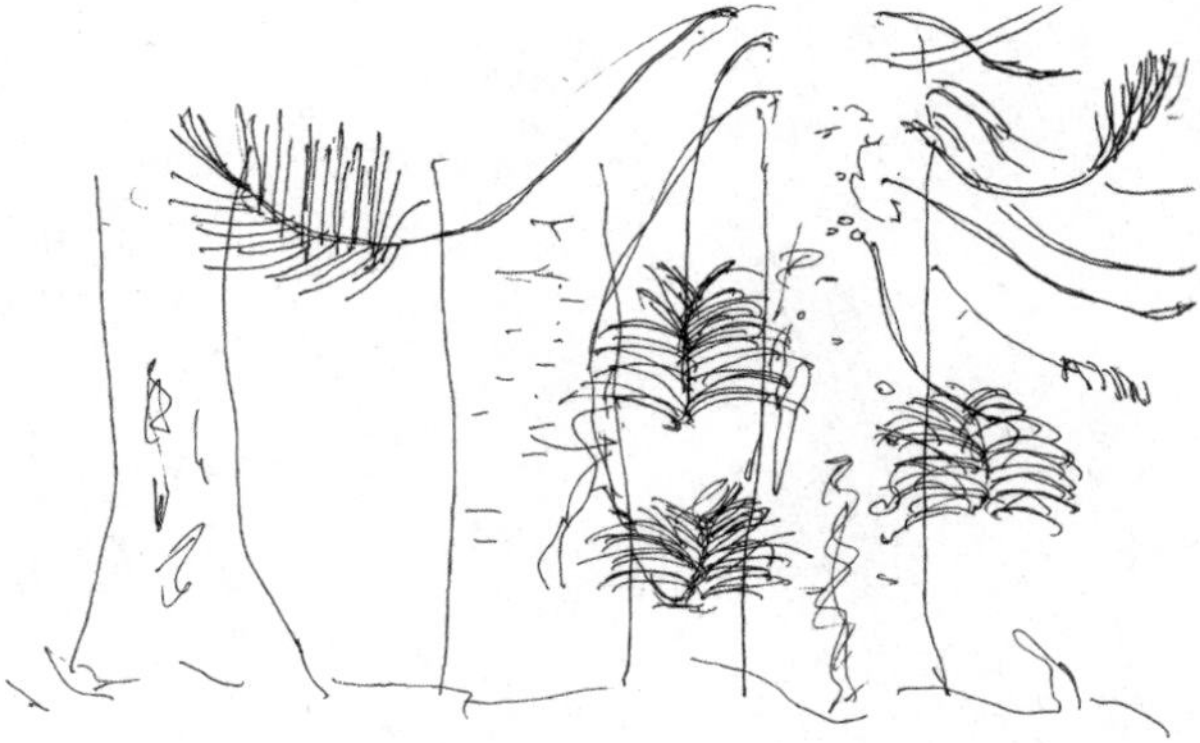

滞在国・都市名一覧

⑩マレーシア

⑪台湾

　埔里

　霧社

⑫ロシア

　ウラジオストック（沿海地方）

　ペトロパヴロフスク・カムチャツキー

　（カムチャツカ半島）

⑬ニューカレドニア

　ヌメア

　ヤテ

　リヴィエラ国立公園

⑭カナダ

　カルガリー

　ピンチャークリーク

　ウォータートンレイクス国立公園

⑮メキシコ

　サンタ・ロザーリア

⑯チリ

　サンティアゴ

　コピアポ

　カルデラ

　バジェナール

　フレイリーナ

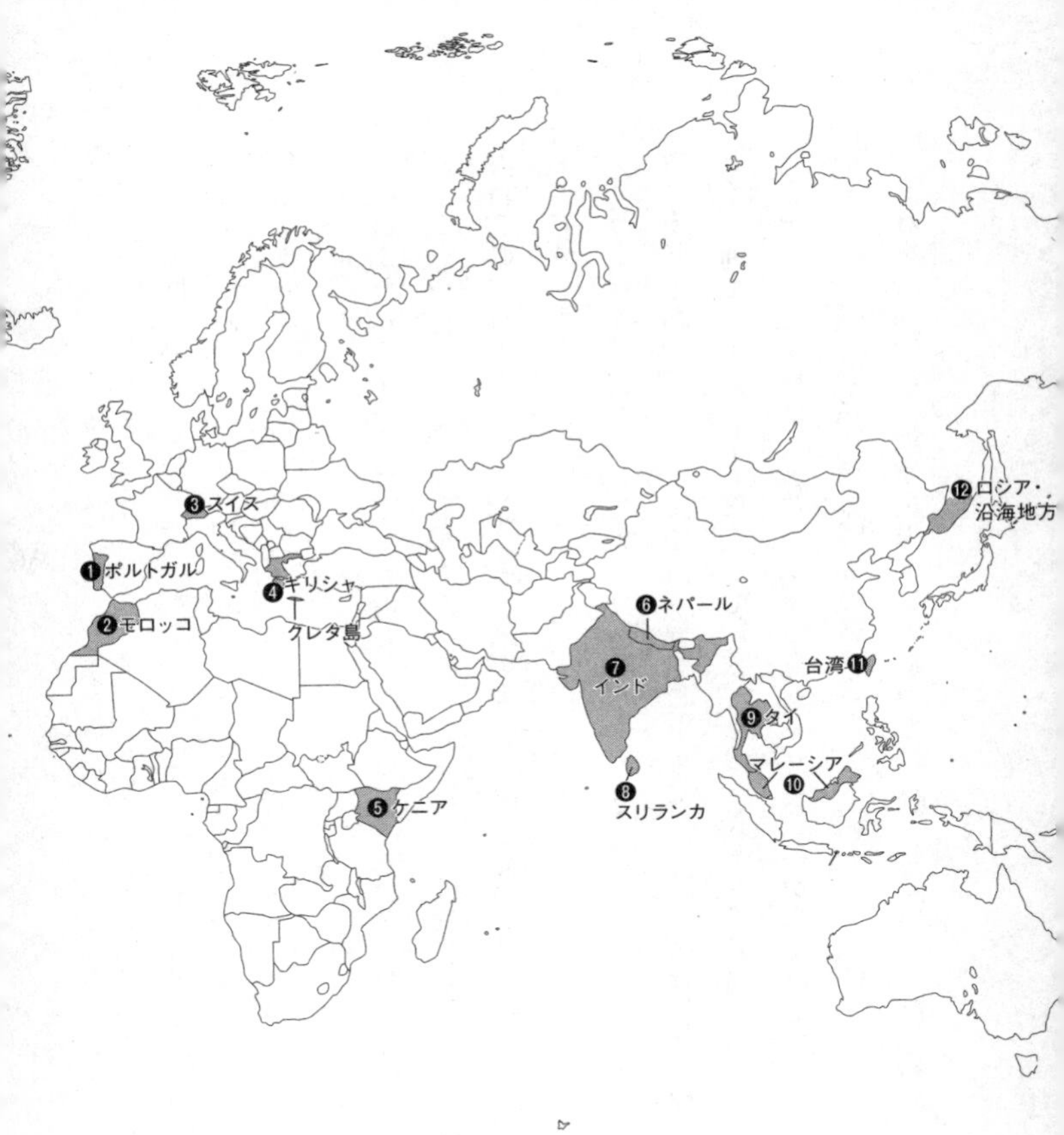

❶ポルトガル
サグレス
❷モロッコ
エルフード
フェズ
❸スイス
ツェルマット
❹ギリシャ
アテネ
オマロス(クレタ島)
スピリ(クレタ島)

❺ケニア
ナイロビ
マサイマラ国立公園
❻ネパール
カトマンズ
ガンドルン
ゴラパニ
ポカラ
チトワン国立公園

❼インド
デリー
アーメダバード
カンベイ
ジョドプール
ジャイサルメール
❽スリランカ
ウダワラウェ国立公園
❾タイ
ウドーンターニー
カオソック国立公園
プールア国立公園

おわりに

私はふだん日記をつけていないのだが、山に行ったときと海外へ旅に出たときは必ずノートをつけている。山も旅も人生の一部ではあるけれどもそれはやはり日常ではなく、非日常の一日であって、起こる出来事も湧き出る感情も思考も、そのときかぎりの唯一無二のものだからだ。

しかし夢中で書きつけておいたノートも、帰宅後日常にまみれてしまうとそれっきり放り出してあって、よくよく読み返すこともない。若い頃は特に、後ろを振り向くことなく、前だけを見て全力疾走している。そのときどきでの悩みや迷いを抱えながら、それらをなんとか解消、あるいは見て見ぬふりをしながら走っている。走ることに必死で、後ろなんか振り向いている暇もない。

それを今回旅の三部作を書くにあたって読み返していて、自分が行きつ戻りつを延々と繰り返しながら、ほんのわずかずつだが前へと進んでゆき、今、ここに立っているのだと強烈に感じた。そして、ノートのなかにいるのは他ならぬ私自身だけれども、長い年月を経て忘れていた、過去の自分に再び出会ったような心持ちであった。こうして人は自分自身の道を歩いて、歩いて、歩き去っていくのだ。

私は今もその道の途上にある。その道は旅の日々にもあるし、日々の暮らしにも続いている。今日も私はその道の上を歩いているのだなと、最近しきりと思う。

「大きな自然に抱かれているような気持ちになった」とおっしゃって、今回も瀟洒な装丁をして下さったデザイナーの櫻井久さん、変わらず端正な本に仕上げて下さったシナノ書籍印刷の皆さん、「真実の暗さ」という言葉で、始終悩みがちな私を励まして下さったアノニマ・スタジオの村上妃佐子さん、旅先で出会い、真心をかけて下さった多くの方々、いかなるときも私を支えてくれた夫に、この場を借りて深く感謝申し上げます。

二〇二一年九月

若菜晃子

初出一覧

おじさんの湿原　『BE-PAL』二〇一五年十二月
ケニアでゾウを見た話　『mürren』二〇二一年六月
ゾウのチョビー　『mürren』二〇二一年六月（「タイでゾウに乗った話」を改題の上加筆修正）
地の果て　『mürren』二〇一八年七月
サボテンおじさん　『mürren』二〇一八年七月
アタカマ砂漠の旅　『mürren』二〇一五年六月（「卵のおばさん」「サンティアゴの紀伊國屋」を除く全編）
ネパールの音　『mürren』二〇一九年十月（「おばさんの法螺貝」と左記四編を除く全編）
ガンドルンの雹／ラバの鈴／チベットのおりん／アリの石　『Coyote』二〇一九年七月

若菜晃子（わかなあきこ）

一九六八年兵庫県神戸市生まれ。編集者、文筆家。

学習院大学文学部国文学科卒業後、山と溪谷社入社。『wandel』編集長、『山と溪谷』副編集長を経て独立。

山や自然、旅に関する雑誌、書籍を編集、執筆。

「街と山のあいだ」をテーマにした小冊子『mürren』編集・発行人。

著書に『東京近郊ミニハイク』（小学館）、『東京周辺ヒルトップ散歩』（河出書房新社）、

『徒歩旅行』（暮しの手帖社）、『地元菓子』、『石井桃子のことば』（新潮社）、『東京甘味食堂』（講談社文庫）、

『岩波少年文庫のあゆみ』（岩波書店）、『街と山のあいだ』（アノニマ・スタジオ）など多数。

旅の随筆集第一集『旅の断片』は二〇二〇年に第五回斎藤茂太賞を受賞。

第二集の本書に続く、第三集『旅の彼方』を二〇二三年に刊行。

アノニマ・スタジオは、
風や光のささやきに耳をすまし、
暮らしの中の小さな発見を大切にひろい集め、
日々ささやかなよろこびを見つける人と一緒に
本を作ってゆくスタジオです。
遠くに住む友人から届いた手紙のように、
何度も手にとって読み返したくなる本、
その本があるだけで、
自分の部屋があたたかく
輝いて思えるような本を。

途上の旅

二〇二一年十一月五日　初版第一刷　発行
二〇二三年十二月二十七日　初版第二刷　発行

著　者　若菜晃子
発行人　前田哲次
編集人　谷口博文
アノニマ・スタジオ
〒111-0051　東京都台東区蔵前2-14-14　2F
TEL.03-6699-1064　FAX.03-6699-1070
発　行　KTC中央出版
〒111-0051　東京都台東区蔵前2-14-14　2F
印刷・製本　シナノ書籍印刷株式会社
DTP　川里由希子
校　正　東京出版サービスセンター

ISBN978-4-87758-825-0 C0095